国家中医药管理局指导

本草无疆

VOYAGE of
BEN CAO

《本草无疆》创作组◎编著

全国百佳图书出版单位
中国中医药出版社
·北 京·

图书在版编目（CIP）数据

本草无疆 /《本草无疆》创作组编著 . —北京：
中国中医药出版社，2023.9
ISBN 978-7-5132-7497-5

Ⅰ . ①本… Ⅱ . ①本… Ⅲ . ①纪实文学－中国－当代
Ⅳ . ① I25

中国版本图书馆 CIP 数据核字（2022）第 052703 号

中国中医药出版社出版

北京经济技术开发区科创十三街 31 号院二区 8 号楼
邮政编码 100176
传真 010-64405721
河北品睿印刷有限公司印刷
各地新华书店经销

开本 710×1000 1/16 印张 10 字数 161 千字
2023 年 9 月第 1 版 2023 年 9 月第 1 次印刷
书号 ISBN 978 - 7 - 5132 - 7497 - 5

定价 79.00 元
网址 www.cptcm.com

服务热线 010-64405510
购书热线 010-89535836
维权打假 010-64405753

微信服务号 zgzyycbs
微商城网址 https://kdt.im/LIdUGr
官方微博 http://e.weibo.com/cptcm
天猫旗舰店网址 https://zgzyycbs.tmall.com

如有印装质量问题请与本社出版部联系（010-64405510）

本草无疆
VOYAGE of BEN CAO
纪录片

出品人	范吉平　宋春生
联合出品人	周厚成　周　翔
总策划／学术指导	赵中振
总监制	李占永　张峘宇
监　制	王利广
总导演	浣一平
执行导演	柴　林
学术主编	周梦佳
摄　影	韩　玮　柴　林　陈绿苑
撰　稿	浣一平　赵中振
特别感谢	吕爱平　卜兆祥　戴昭宇
	陈虎彪　郭　平　Eric Brand
	刘　靖　黄　冉　梁　鹏
	齐加力　胡　梅　孙　鑫
指导单位	国家中医药管理局
出品单位	中国中医药出版社有限公司
联合出品单位	四川新绿色药业科技发展有限公司
学术支持	香港浸会大学中医药学院
	北京中医药大学《本草纲目》研究所
摄制单位	深圳市合谷文化传播有限公司

中医药文化树

自然资源　　文化资源

创意:赵中振
绘制:黄丽丽

中医药源自中华大地，得益于丰厚的自然资源与文化资源。

中医药似一棵参天大树，根深叶茂、枝繁果丰，矗立于世界传统医药之林。

中医药是中华文明的瑰宝，

不仅护佑了中华民族的繁荣昌盛，

也将为全人类的健康事业，作出新的贡献。

本草之中有世界，世界之中有本草。

序言

本草文化工程

2011 年，《本草纲目》与《黄帝内经》一起，被联合国教科文组织列入了世界记忆名录，这也是到目前为止，名录中仅有的两部来自中国的医药著作。

英国生物学家达尔文曾将《本草纲目》比喻为"中国古代的百科全书"。在多年学习和研究的过程中，我越加体会到，《本草纲目》是一部科学的史诗，也是一部实用的宝典。《本草纲目》记载的内容，囊括了中国人的一天、中国人的一年、中国人的一生，涉及世界上每一个人都会遇到的生、老、病、死的大问题。大道不远人，生活处处有中医。

2011 年，为给中医药同道组建交流平台，我曾发起成立了本草读书会，并在《大公报》《健康周报》等报刊上开辟了《中振说本草》专栏。2018 年，于李时珍诞辰 500 周年之际，我作为学术委员会的主席，负责组织了来自二十多个国家和地区的专家学者，共聚时珍故里——湖北蕲春，举办了纪念李时珍诞辰 500 周年的大型科学论坛。本草文化工程能够引起海内外如此热烈的反响，说明中医药拥有广泛深厚的民众基础和顽强的生命力。

结缘一平团队

过去这些年，每到一地考察归来，都会积累一些照片，写下几笔心得。我曾有个小目标：用自己的双脚丈量地球，用自己的双眼观察世界，用自己的头脑思考问题，用自己的笔墨记录人生，用自己的声音传播中医药。

而有幸生活在新媒体的时代，有缘结识了浣一平导演团队，在过去八年的时间里，我和一平团队一起行走在中华大地，并先后前往莫斯科大学寻踪李时珍像；到东京藏书楼查找《本草纲目》金陵祖本；到英国自然历史博物馆珍品档案库为中药木通正本清源；远赴美国西部探秘被遗忘的中医药博物馆金华昌；深入印度腹地解密猴枣谜团。

　　真实地记录，客观地评价，深入地发掘，我与一平团队一起拍摄了这些中医药人文纪实的故事。

《本草无疆》诞生

　　纪录片取名《本草无疆》，英文名称使用了"Voyage of Ben Cao"，寓意这是一次关于本草的探索发现之旅。

　　"本草"是传统药物学的代名词，"无疆"指本草在时间上的延伸、空间上的拓展、学科间的交融。

　　我们今天纪念李时珍，不会停留在 500 年前，而是以更加宽阔的视野、博大的胸怀，讲述中国人的故事，推动中医药在全世界的传播和发展，为中外交流直接架起一座桥梁。

　　本草之中有世界，世界之中有本草。

　　观天下，中医药的种子已经撒向世界，愿中医药之花开遍全球。

赵中振

2023 年 7 月

目 录

温度 第一集

　　岐黄有术，本草无疆。中医药是中国人的发明，凝聚着中华民族的大智慧。中医药学根植于华夏沃土，滋养于中华传统文化，也组成中华文明通向五大洲四大洋的分支。千百年来，在临床实践的风风雨雨中逐渐成长为一株矗立于世界传统医药丛林中的参天大树，根深叶茂，枝繁果丰。

　　一针一灸，一汤一液，无不是中华民族带给世界的温度。

李永明

小小银针撼世界

坐标　美国　新泽西

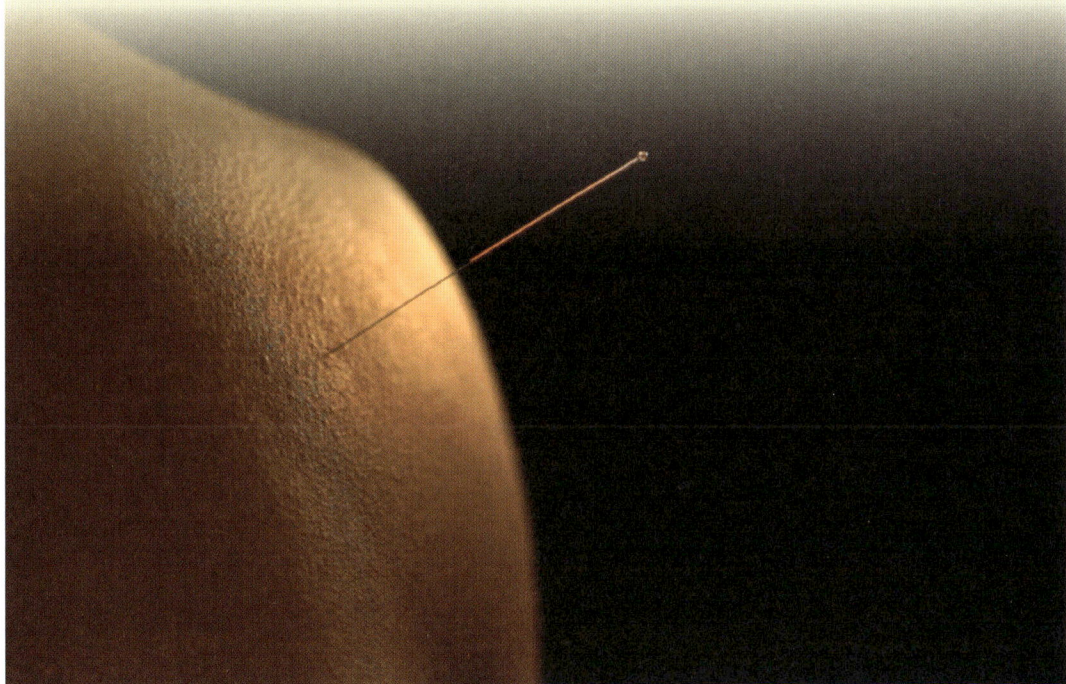

上｜图 1–1 李永明在他的诊所门前
下｜图 1–2 李永明讲述针灸热的始末

李永明来到美国生活和工作已有三十多年了，他的诊所位于新泽西。李永明每日的工作都很繁忙，前来针灸的患者预约不断。诊所里装点着李永明收集来的老照片，仿佛在讲述一段不可忘却的历史，那是中国的针灸在世界上首次掀起的热潮。

李永明初到美国的时候，便听说过去有过针灸热，但是又流传着不同的版本，从事中医行业的他便开始认真地进行了调查。

1971年7月26日，美国阿波罗15号升空，人类第四次登陆月球。与这条新闻共同刊登在当天《纽约时报》头版的，是一篇来自中国的报道——《现在让我告诉你们我在北京的手术》。这篇报道的作者名叫詹姆斯·赖斯顿，他是《纽约时报》的著名记者。1971年6月，中美"乒乓外交"开始不到两个月，赖斯顿收到了中国为他签发的访华签证。7月初，赖斯顿携夫人经深圳罗湖口岸进入中国内地，成为了第一个应中国政府之邀访问新中国的美国记者。这显然是为尼克松访华做准备，需要一位比较公正的记者来报道中国。

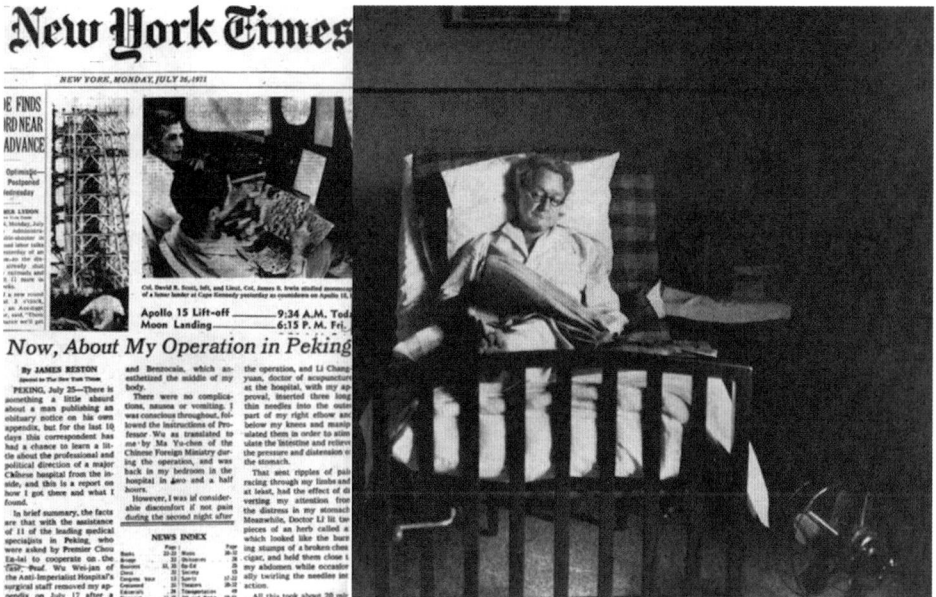

图1-3 《现在让我告诉你们我在北京的手术》（《纽约时报》头版）

　　彼时，中美邦交遇冷已接近 1/4 个世纪，任何直接来自中国的消息在美国都十分抢手。20 世纪 70 年代初，美国总统尼克松突然转向，要叩开中国的大门，建立全新的两国关系。对于一位嗅觉灵敏的新闻记者来说，踏上中国的土地，让赖斯顿非常兴奋。他访华的最终目的，是到北京会见中国领导人。按照原计划，赖斯顿应入境后马上经广州乘飞机访问北京。但计划的旅程并非一帆风顺，进入中国以后，赖斯顿遇到了意外。突然之间，中国接待他的外交官说行程有变，飞机取消了，要坐火车慢车到北京。

　　经过三天心急如焚的长途旅行之后，赖斯顿终于抵达北京，旋即收到了一条"小消息"。小消息并不小——美国国家安全事务助理基辛格博士刚刚访华，中美之间已经达成协议，当晚将在中美两地同时发布该消息，之后美国总统次年初便要访华。精明的赖斯顿这便知道了行程在广州受阻的原因。

上｜图 1-4 尼克松访华前的报道
下｜图 1-5 尼克松与基辛格

图 1-6 北京协和医院

    错过了基辛格秘密访华的重大消息已经给了赖斯顿一重打击，当他正沮丧时，忽然又感到腹部一阵刺痛，好像尖刀刺身。7月17日，在周恩来总理的指示下，赖斯顿住进了北京协和医院。经专家会诊，赖斯顿患上了急性阑尾炎。随后，赖斯顿接受了常规药物麻醉之下的阑尾切除手术。

    赖斯顿后来回忆，在北京住院的经历很适意，完全出乎他的意料，医生护士都非常友好。

    1971年北京协和医院门口还挂着英文写的大标语，"帝国主义及其一切反动派，都逃脱不了灭亡的下场"，这让赖斯顿刚入院时感到非常紧张。他的消息传回纽约会引起怎样的反响呢？赖斯顿自己也在猜测。《纽约时报》最好的记者在中国住进了反帝医院（北京协和医院曾用名），很多新闻界的人甚至怀疑赖斯顿是为了制造大新闻，才装病住进了北京的医院。

李永明在调查来龙去脉时，与吴蔚然医生详细核实了事件过程。赖斯顿不是装病，虽然阑尾的手术非常成功，术后第二天还是出现了腹胀、腹痛的症状，出现了并发症腹膜炎。那时中国已出现针麻热、针灸热，于是中国医生主动问赖斯顿是否需要针灸治疗。赖斯顿知道针灸在中国的情况，他的职业素养让他可以为了得到好新闻去做第一个吃螃蟹的人。赖斯顿当然没有放过切身体验针灸的机会，他选择了接受针灸治疗。

在十多天的住院期间，赖斯顿躺在病床上似乎无事可做，便提笔写了一篇有关自己患病和治疗过程的纪实报道，以回应美国民众的关心和对中国的好奇。

据赖斯顿亲述，施针的是一位年轻的三十来岁的医生，在他的双膝下部、肘部扎了几针，然后点着了一种像廉价雪茄的东西，在他腹部熏烤。熟悉中医药的人自然知道，这就是艾灸。赖斯顿还说他起初以为用这种方式治疗腹胀是不是有点小题大做了，但是施治 20 分钟后，他的腹痛、腹胀就消失了，而且再也没有发作。身为一个大记者的赖斯顿知道哪些选题可以卖新闻，所以在他的文章中，赖斯顿把艾灸作为了一个卖点。

这是美国主流媒体第一次报道美国人在中国接受针灸治疗。这篇本意为"报平安"的文章，意外地引起了美国公众对中国针灸的极大兴趣，成为掀起针灸热的诱因。而后续发生的一切，赖斯顿或许未曾预料到。很多华裔侨胞看到了难得的商机，迅速转行学习针灸。因当时中国尚处在特定的历史时期，许多人便飞往中国的香港或台湾参加短期的针灸学习班，再回到美国，匆匆操针上阵。

得知这种治疗方法的有需人士慕名而来，突然之间洛阳纸贵，有大巴士拉着患者从外地赶到纽约来。纽约唐人街的针灸师霎时生意火爆，很多人也不知道如此热烈的场面是因何而起的。甚至有的针灸诊所负荷不了太多病患，就租下旅馆的一整层客房，将病患安排在旅馆一排一排的床上。针灸医生忙碌到只有时间扎针，没有时间拔针，需要专门雇人拔针。据说那阵子针灸师一个礼拜的收入可以买下一栋楼。

自新华社 1971 年正式对外宣布针刺麻醉成功开始，中国政府便有计划地在国际外交中打出"针灸牌"，目的是推进对外交流。1972 年 2 月 21 日，时任美国总统的尼克松访华。三十多名访华团成员和记者在北京观看了针刺

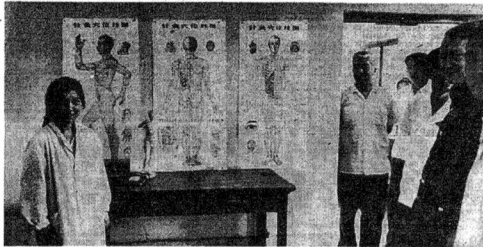

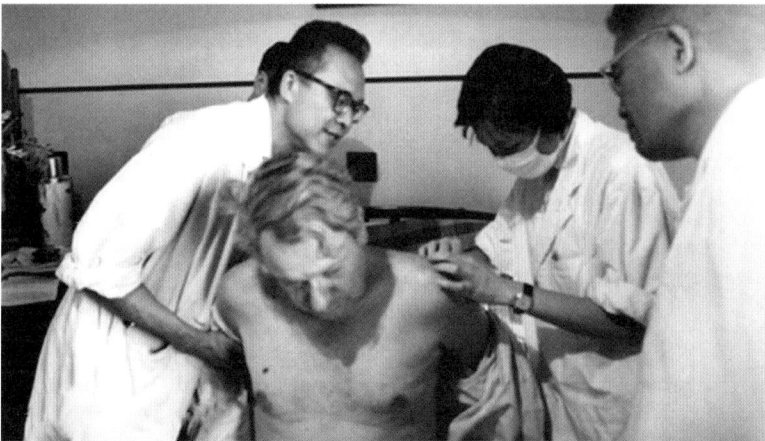

上｜图1-7 《现在让我告诉你们我在北京的手术》报道正文
中｜图1-8 中医给赖斯顿施针
下｜图1-9 《人民日报》对针刺麻醉的报道

麻醉肺叶切除术的全过程，手术的画面由通讯卫星直接传到美国，成为当时新中国外交上非常重要的宣传之一。

针灸成为了传递友谊的使者，提升了中医药在世界中的"温度"，也改变了美国医学界的面貌。

中国的"针灸外交"不但征服了西方的客人，也引起了海外各界的极大兴趣，在西方的影响已远远超出其本身的医疗作用。

美国的针灸热逐渐蒸腾了起来，1972 年 6 月，《纽约时报》发表了一篇文章，题目为《针灸：针刺镇痛来到美国》。文章开头便写道："在美国对中国的重新发现中，没有什么比针灸麻醉更能激发大众的想象力了。"这像是在宣布美国的针灸热潮在不断升温。

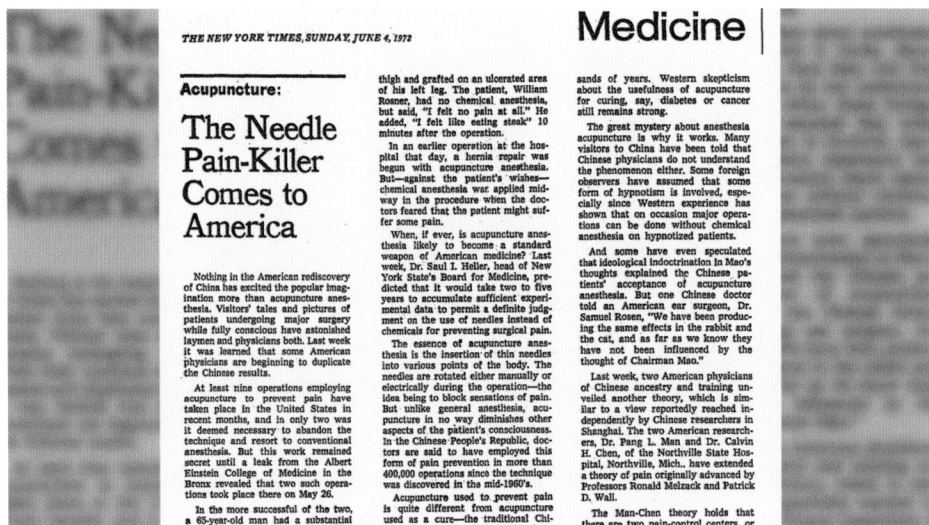

图 1-10 《纽约时报》报道——《针灸：针刺镇痛来到美国》

1971 年到 1974 年间，相当多的杂志，比如《时代》杂志、《心理学》杂志、《真实》杂志、《生活》杂志、《人物》杂志及《新闻周刊》《体育画报》等当时美国流行的大众杂志都长篇报道过针灸的故事。一段时期之内，几乎所有的主流媒体都全方位、大规模地报道一种传统的针灸疗法，这在医学史上从来没有过先例，以后恐怕也难再见了。

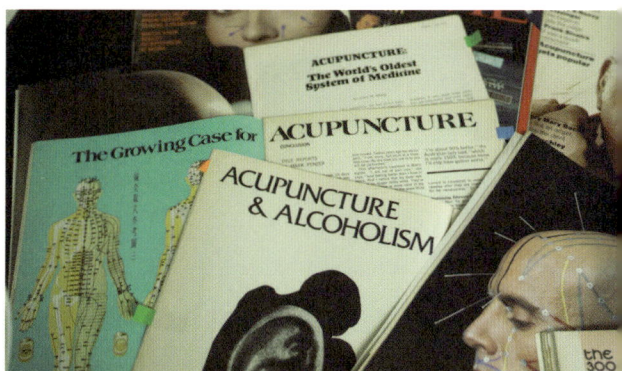
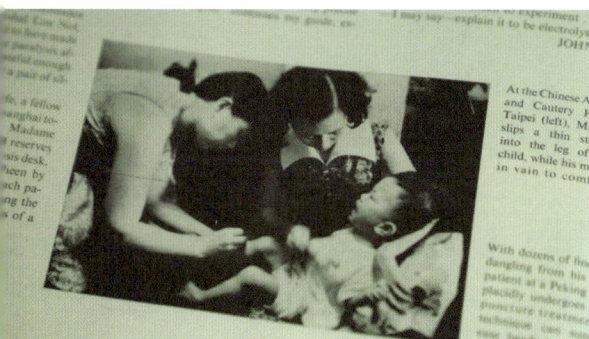
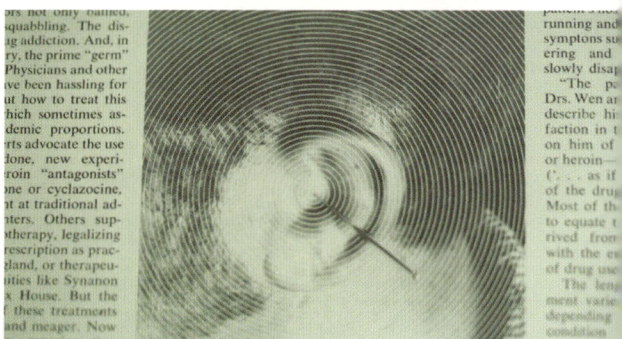

左上｜图1-11 1971～1974年，美国主流杂志对针灸的报道
右上｜图1-12 针灸热时期的刊物（1）
左下｜图1-13 针灸热时期的刊物（2）
右下｜图1-14 针灸热时期的刊物（3）

　　民众对中医针灸有了强烈的需求，轰动了整个美国医学界，并且引发了后来的一系列举措，如针灸立法、针灸教育、各州的医务管理等方面的改变。美国分州而治，各州有各自的行医法规管理，陆续有90%以上的州都设立了针灸的相关法律法规。

　　历史难以尽善尽美，难免留下遗憾。也许是由于腹膜炎的疼痛扰乱，又或许是非中文母语者对中文名字的记忆有限，素来严谨的赖斯顿在报道中阴差阳错地将针灸师李占元

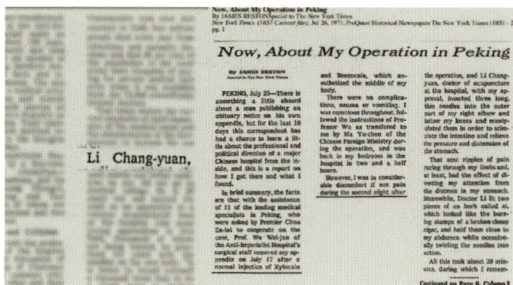

图1-15 赖斯顿的笔误——Li Chang-yuan（李昌元）

的名字拼错了两个字母，将"李占元（Li Zhan-yuan）"写成了"李昌元（Li Chang-yuan）"。所有跟赖斯顿有关的、接待过他的人后来都成名了，只李占元一人除外。直到 2006 年，美国针灸热的点火人李占元先生与针灸热的历史，在李永明的发掘之下，才真正被世人了解。

20 世纪 70 年代末，针灸热潮逐渐回归理性，西方医学界已逐渐了解并承认了针灸的功效，针灸已成为中医药被世界接受的突破口。尤其是针灸治疗疼痛等慢性疾病的广阔前景，让中国针灸在西方世界中逐渐找到了位置。

现在在美国，有的人行医以中国传统针灸为主，有的人以西方流行的针灸为主，还有人行医使用的是西方流行的五行针灸。但是有一点是相同的，除了在唐人街行医的医生以外，绝大部分来针灸诊所的患者是非华裔美国人。全美的针灸患者 90% 以上是非华裔，美国针灸师的主体情况也是这样。

尝试过针灸治疗的病患都切身体会到了明显的治疗效果，有什么比实际效果更能坚定人们对此项东方医学的信任呢？也有患者愿意查阅相关资料，想要更深入地了解针灸，更有人因针灸治疗康复而学习针灸，进而医己或医人的。针灸 Acupuncture 在美国早已不是陌生的词汇。

图 1-16 针灸显示牌

罗鼎辉

敢为时代弄潮儿

坐标　英国　伦敦

中医药能被世界接受和认可，首要的两个关键因素是安全和有效。

1988 年 5 月 15 日，英国《镜报》刊登了一幅英国民众在唐人街一家中医诊所排队候诊的照片，并配以文字"希望的队列——在唐人街罗鼎辉的地下室诊所外"。患者排队等待的是罗鼎辉亲手配制的"神奇的中国茶"。

改革开放初期，罗鼎辉与丈夫来到了伦敦，居住在唐人街的一栋小楼里。出于谋生的考虑，罗鼎辉重操旧业，将临街的房间改造成了一个小型中医诊所。将自己的优势再次发挥，是罗鼎辉一直努力进取的方向，是她的自我实现。

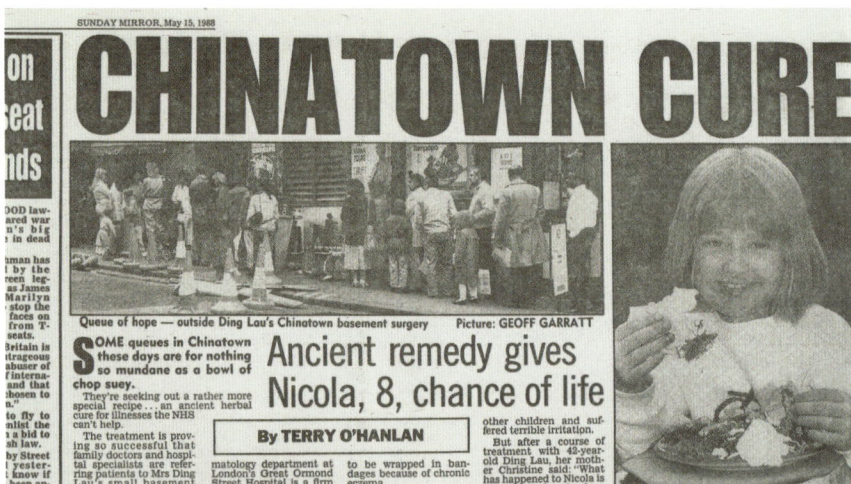

上｜图 1-17《希望的队列——在唐人街罗鼎辉的地下室诊所外》
下｜图 1-18 罗鼎辉与丈夫在诊所

虽然英国人一直有使用草药的传统，但那时中药尚未叩开英国的大门。唐人街中医诊所的数量屈指可数，门可罗雀。罗鼎辉诊所开办的初期，来就诊的大多是上了年纪的华侨，而且他们来看的多是感冒之类的小病痛。患者的想法是，如果吃几天西药还好不了，还有比较轻的症状的话，就来开两剂中药吃。

就在一日日平静经营诊所的时候，一次偶然的机会，彻底改变了一切。

英国四面环海，阴雨潮湿，独特的地理气候，让当地民众普遍受到皮肤疾病的困扰，湿疹尤其常见。湿疹的产生跟免疫有关，病症顽固、容易反复，儿童相对更易得此病。西医应用大量的激素来抑制免疫反应，缓解症状，但是解决不了根本问题。随着治疗的延宕，人体还可能对激素产生耐受，效果则大打折扣。

有的患者在束手无策之际，便把目光投向了中医罗鼎辉，把希望寄托在了这位纤瘦的中国女性身上。

当时距离诊所一百米左右的地方，有一家圣约翰皮肤病医院，自1984年之后，开始慢慢有皮肤病患者也会来罗鼎辉的诊所接受治疗，而且基本是英国本地人。

罗鼎辉毕业于广州中医药大学，毕业后曾在广东省中医院工作，当时医院针对儿科疾病、麻疹、重感冒都以中药施治，不使用西药，而且治愈效果很好。所以罗鼎辉到了英国之后，自始至终保持对中药的信心，从不怀

上 | 图1-19 患者把目光投向了中医罗鼎辉
下 | 图1-20 狭小逼仄的诊所，堆满了跨洋而来的中药

疑，遇到困难自己鞭策自己，展示自信的笑容，始终怀揣挑战难题的勇气。在治疗湿疹方面，她一直使用中药饮片，坚持配制让小孩、老人都能接受的中药汤剂。

中药复方的应用是一门艺术，妙在相容诸药、和谐互补，更在于因人制宜、变化无穷。英国人把中药汤剂亲切地称为"中国茶"。

THE STORY OF BENJY'S CHINESE DOCTOR AND A SPECIAL CUP OF TEA

months later his eczema was even worse and he had infected sores around his eyes and ears. Until then, few people had seen Benjy's red, raw skin, or the infected areas filled with pus but now it had spread to his face he was a distressing sight—a fact brought home to Amanda and David when a new au pair left after just a few days.

'She couldn't bear to look at Benjy,' says Amanda. 'She said he made her feel sick and that she couldn't even eat her food while he was sitting at the same table. It hurt us badly that somebody

Miracle potion: Dr Luo cured Benjy's

Happy family: 'Benjy's getting on

'because not all of them are a good as Dr Luo's.'

And so the trips to Dr Lu began. On his first visit, Benj was given a Chinese tea to tak twice a day and put on a stri diet, avoiding beef, dairy prod ucts, fried food, citrus fruits, fis and tomato. He also had to wea only cotton clothes and stay awa from animals.

Two days later, his eczema ha cleared. 'It was a miracle,' say Amanda incredulously. 'And it' made such a difference to us a He sleeps at night and he's chee ful and lively. He always has

上｜图 1-21 罗鼎辉展示自信的笑容
下｜图 1-22 "中国茶"

图 1-23 罗鼎辉原诊所所在的街道

20 世纪 80 年代出口英国的中药饮片质量十分优质，高超的医术与对症下优质的药，让来罗鼎辉的诊所看病的病患治愈率奇高。这有点出乎罗鼎辉的意料，但自然也令她满意、令患者满意。

她的诊所变得门庭若市，每天都有通宵排队的患者，以至于警方都不得不出动来维持秩序。

警力出动得最多的一个晚上，来了 3 辆警车、6 个警察维持秩序。并且这次出警也上了新闻，给诊所带来了宣传效益。前来就诊的患者越来越多，同时也引来了西方医生的目光，特别是顾问医生的注意。他们好奇罗鼎辉用了什么药，使得病患闻风而动，小小的诊所竟然车马盈门。

图 1-24 罗鼎辉的患者

距离诊所百米之外皮肤病医院的专家大卫·艾瑟顿博士（Dr. David Atherton）注意到了罗鼎辉，他追踪罗鼎辉的患者进行紧密观察，询问患者是如何被不知名的中国女医生治愈的。艾瑟顿经过四年的观察，反复检验，确定了罗鼎辉的中药是有效的，而且是安全的。那些未被其他医院治愈，转而向罗鼎辉求助的患者当中，最终有 70% 的人痊愈。

二十多年来，罗鼎辉诊治的不同肤色的患者达 10 万人次，卓越的治疗效果开始打破西方权威对中医中药的固有观念。中医药在英国，已呈燎原之势。

罗鼎辉自述，治愈患者是很开心的。有的患者刚来的时候才两三岁，到她退休前，原来的小朋友都长大了。他们都觉得是罗鼎辉治好了他们的湿疹，从而改善了他们的生活，其中还有人发出了婚礼邀请函，请罗鼎辉出席他们的婚礼。

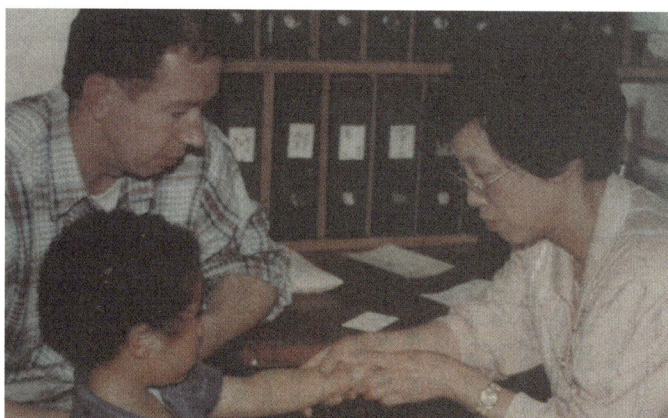

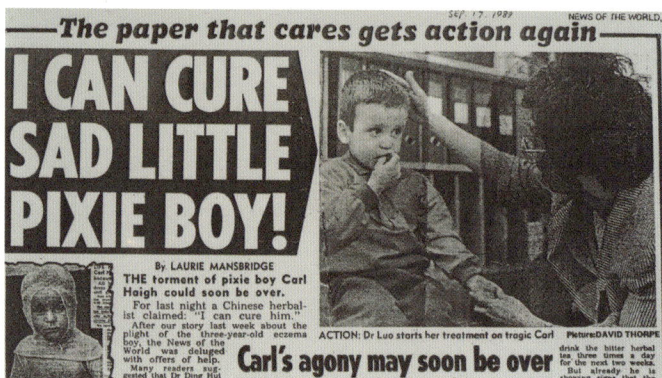

上｜图 1-25 罗鼎辉为儿童患者诊疗
下｜图 1-26 罗鼎辉为儿童患者诊疗的报道

在英国的华人最传统的营生是餐饮业，而随着罗鼎辉治愈湿疹的成就宣扬开来，迅速地带动了华人第二大产业的兴起，那就是从事中医药行业、开中医诊所。雨后春笋一般建起的中医诊所，逐渐遍及英伦三岛。

由此可见，英国民众对中医药怀有好感，社会舆论对中医药一直有利。但是，英国政府的态度并没有迅速转变。

那时英国的医疗系统只承认西医，并不愿意为中医立法，承认中医。在未立法的情况下，中医、中药的字眼不可在正式场合出现，这会违反英国的医药法案。

自1978年中国实行改革开放以来，越来越多的西方人到中国来学习中医药，罗鼎辉看到了中成药进入英国的必然趋势。

六味地黄丸、补中益气丸等非常有名的中成药，在当时伦敦的各大诊所都买不到。罗鼎辉咨询到职业律师，了解了中成药进口到英国的阻碍。罗鼎辉想，能不能把中成药的包装改头换面，不说明功效跟主治，只有中英文名的组成，当成"Herbal Remedy"——草药保健品来进口。但是药物管理局审查时并未通过，他们向罗鼎辉的律师重申了1968年英国的医药法案，任何改变人的生理病理的物质都属于药，是药就必须持有正式牌照。

这时，罗鼎辉的先生提出了一个想法，如果中成药的包装上不提及药用宣传，也不上架出售，仅供专业人士指导使用，这个办法是否可行。药物管理局的办事人员面对这样机敏的应对办法，虽然表示了不欢迎，但也不能阻止了。

中成药就这样跨过了1968年的英国的医药法案。从1984年开始，大批中成药合法进口英国，随即也走进了比利时、荷兰、意大利、西班牙等欧洲国家，越来越多的欧洲民众开始了解并接受中医疗法。

那段时间，前往中医诊所的患者会主动要求开中草药，他们并不一定知道复方草药会对身体产生怎样的影响，只是单纯地信任中药能治病，而且似乎所有的病都能治。甚至有时中医大夫告诉患者中草药不适用，可能针灸等方法更适合时，竟有患者非要大夫开中草药才肯离去。当时的人们似乎开始迷信中草药了。

自从罗鼎辉在英国变得家喻户晓之后，很多生意人看到了中医药的商机，靠着卖中草药、中成药及针灸、拔罐、推拿的器具，纷纷进入中医药产业，赚得盆满钵满。因当时中医在英国并未受到立法管理和保护，中医诊所的数量陡增，变成无序竞争。

时间来到 21 世纪，全球经济危机与英国政府的立法规管，使英国的中医药界开始"大浪淘沙"，大部分的中医诊所都被淘汰。

中医发展到今天，临床能够突出其安全性、有效性，始终是生存和发展的基础。

曾几何时，中医药走向世界只是一个畅想，而如今却已变成了现实，中医药走向了世界。但是走向世界主流医学，或与主流医学平等地对话，尚需时日，应以现代医学或者更多人能理解的"语言"交流。如此可使更多人了解中医药的真正的价值，中医药不仅具有文化价值，更有实用价值。

如今，生活在伦敦的民众对中医药的态度日趋理性。中医药早已经褪去了当初在西方社会的神秘色彩，成为了可以自由选择的"另一种治疗方法"。不知生活在此的人们，是否知晓当年让人趋之若鹜的"中国茶"？能否回忆起那段历史的荣光？

图 1-27 罗鼎辉在伦敦唐人街上讲述过去几十年间中医诊所的变迁

赵中振

寻取实证到英伦

坐标 英国 伦敦邱园

图 1-28 英国皇家植物园（邱园）

对自然疗法的重新认识，让中草药的应用愈加广泛，催化了英国人对中草药的信赖。然而，一种药材，一种元素，又曾在一夜之间，似乎将中医药在英国的温度降到冰点。

克里斯汀是英国皇家植物园（邱园）中药鉴定中心主任，她的足迹遍及中国的二十多个省市自治区。因为对促进中英之间的科技合作卓有贡献，曾被英国女王授予不列颠帝国勋章。

21世纪伊始，连续的几个电话，打破了克里斯汀平静的日常生活。伦敦的几位肾病专家请求克里斯汀鉴别一些草药，原因是有两位患者长期服用了治疗皮肤病的中药之后，出现了严重的肾脏疾病，他们希望找出引发问题的原因。

克里斯汀收到了医疗事故中的草药样品，其中有一种草药是马兜铃科含有马兜铃酸的关木通，而且被认为有肾毒性。

关木通，主要产自于山海关外，因此名中有"关"字。它与其他含有马兜铃酸成分的药材，曾在国际上引起轩然大波。早在1993年，一位比利时女性服用了减肥中药后，出现肾损伤，以致于国际上出现了"马兜铃酸肾病"这一名词，导致含有马兜铃酸的植物药和相关制剂在全球范围内被禁用。

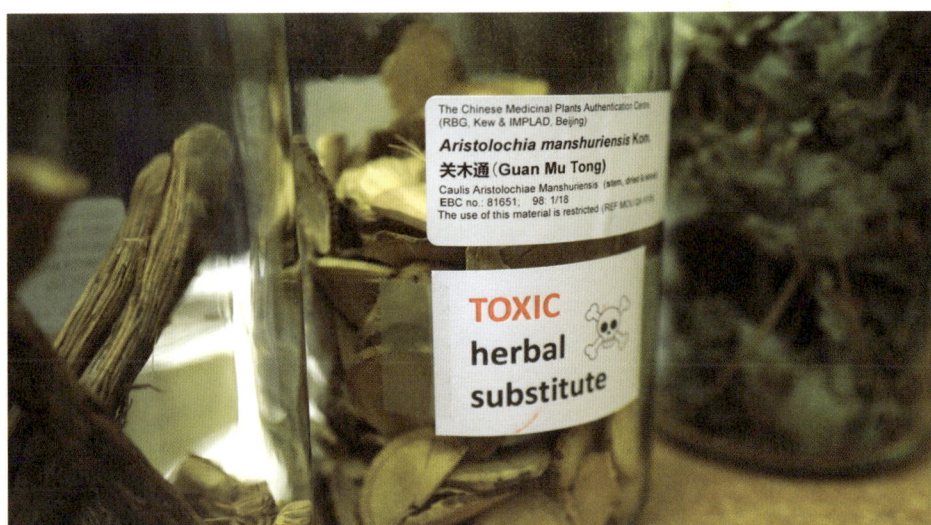

图1-29 邱园保存的关木通标本

图 1-30 三叶木通

根据《中华人民共和国药典》记载，名字中有"木通"字样的药材不止一种，有木通及川木通。而古籍和《中华人民共和国药典》皆未记载的关木通，由于名称近似常被人与正品木通混淆在一起。关木通的原植物为马兜铃科的植物，含有有毒成分马兜铃酸，而正品木通的原植物是木通科的植物木通，根本不含马兜铃酸。一些人错误地将关木通当成木通使用，一些中医药相关书籍错误地收录了关木通，从而造成了品种的混乱和悲剧的发生。

也许是事故中那个中医医生没有鉴定药材是否正确而导致了这两起副作用事故，也可能是那个医生没有足够的鉴定药材的能力，导致用了错误的药，致使产生了严重的后果。

图 1-31 克里斯汀展示木通与关木通

　　如何诊断和利用合适的药开处方的知识，已经在中国存在上千年了。中药专家克里斯汀非常尊重中医药知识体系，她也更了解西方人的看法，比起医药标准，西方公众更看重和更感兴趣的注重点是"需求"。而相应的管控跟不上社会的需求，便发生了危险的事故。所有的医药种类都需要标准化，不然就有不安全的潜在危险。相较于各类医疗方法，中医药不是更不安全，而关键在于需要确定中药的标准和中医临床的标准。

　　英国与中医药的渊源可以追溯到 17 世纪。自 16 世纪开始，英国的对外扩张，让英国本土收集到了来自世界各地的各色物品，其中不乏医疗用品和药物标本。上至皇室，下至民间，中英两个强盛的国家的医药交流连绵不断。

图 1-32 英国自然历史博物馆

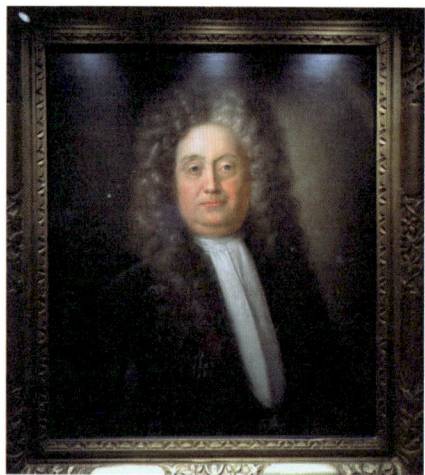

图 1-33 汉斯·斯隆爵士画像

英国自然历史博物馆是欧洲最大的博物馆之一。它的创始人汉斯·斯隆爵士曾是一位医生，也是一位收藏家、博物学家。1753年，他去世前将毕生收藏的七万多件藏品悉数捐给了国家。政府以此为基础，建起了博物馆。藏品积累日益庞大，博物馆一分为三，形成了大英博物馆、英国自然历史博物馆和英国国家图书馆。

图 1-34 英国自然历史博物馆生命科学部马克（左）与赵中振（右）

在并不对外开放的标本储藏室，来自香港浸会大学的赵中振教授，见到了英国自然历史博物馆生命科学部的马克博士。马克带领几位工作人员，向赵中振展示了斯隆爵士数量壮观的收藏。

这一系列藏品是博物馆的无价之宝，覆盖了许多门类。其中包含265册以上的植物标本，约125000件植物藏品。这些收录于1680年到1750年间的标本，不乏一些绝世罕见的植物。

斯隆对植物有浓厚的研究兴趣，他也致力于研究植物的应用，想要让植物物尽其用。

斯隆收藏的标本是委托英国东印度公司代为收集的，交给赵中振鉴定的仅是收藏当中的中药饮片部分。综合考量多味药材种类，赵中振分析标本很可能来自中国南方，历史的物证最能反映当时民间用药的实际情况。

图 1-35 赵中振正在鉴定收藏品中的中药饮片部分

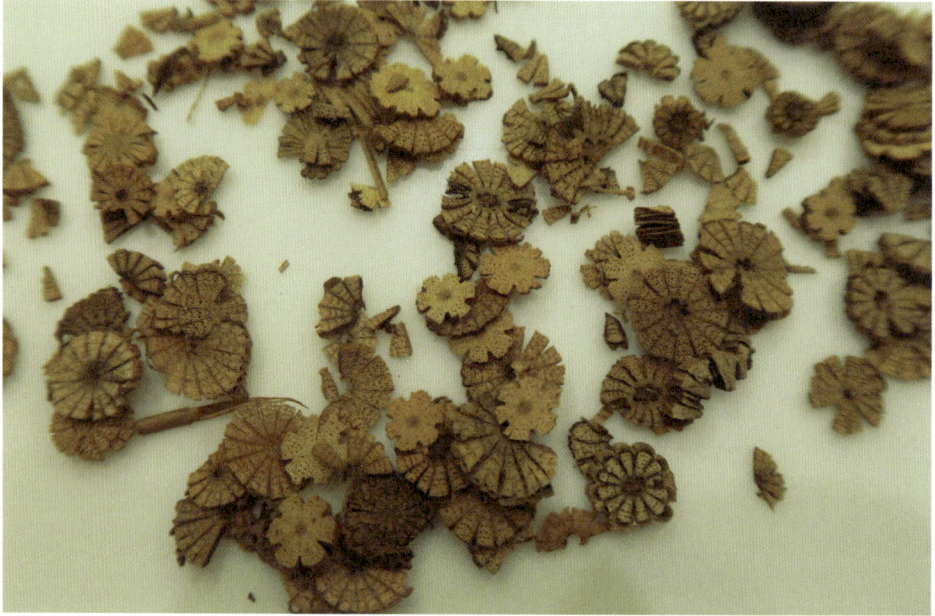

图 1-36 馆藏中药木通饮片

　　标本中恰好有三百年前的木通，品种为木通科植物木通，即沿用至今的正品木通，说明古代市场中流通并且流传到欧洲市场上的木通来源正宗，没有毒性，可以大胆、安全地使用。

　　中药标本是学科研究的基石，这些标本历经磨难，漂洋过海，更显弥足珍贵。它们静静地，与馆内众多展出的中国文物一样，讲述着中国故事，散发着中国魅力。

　　无论西药还是中药，都是一把"双刃剑"，合理用药可以治病救人，不适当的用药则可能使患者反受其害。如何处理草药当中的毒性问题，中国人早已创造出一套宝贵的理论和实践经验。

　　李永明将美国针灸热的史料放进了博物馆展出。展出期间他回答了几个问题，说到人类将看待医药学的目光，从化学药物疗法放回自然药物疗法，由自然药物疗法又回到非药物疗法，最后来到无药物疗法。针灸作为一种非药物疗法，在西方流行也不是偶然的。美国针灸热在医学史上从来没有过先例，以后恐怕也不会有了。

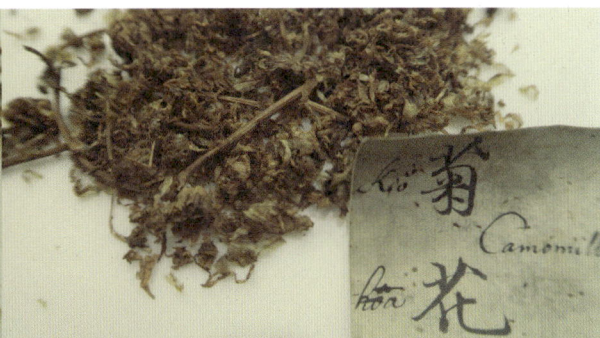

左上 ｜ 图 1–37 馆藏中药麻黄　　右上 ｜ 图 1–38 馆藏中药菊花

左中 ｜ 图 1–39 馆藏中药乌药　　右中 ｜ 图 1–40 馆藏中药藿香

下 ｜ 图 1–41 中药标本承装在木箱内

图 1-42 纽约华人博物馆针灸史展览

罗鼎辉虽然退休多年，仍不辞辛劳地往返于中英两国，为中医药事业的全球化发展发挥余热。罗鼎辉认为中国人到海外应该多一点互学、互助，对大家都好，都有帮助。

图 1-43 克里斯汀与赵中振在药材标本室

　　已经取得许多研究成果的克里斯汀打算在研究室呆上一辈子，为中药多多解密，试着解决质量控制、药材来源、药材质量标准的问题。

　　一枚银针联通中西，一株小草改变世界，一缕药香跨越古今。

　　本草无疆，从自然，到心灵，它的温度，是爱。

初心

　　人们常说，哪里有华人，哪里就有中餐。同样的，哪里有华人，哪里就有中医药。华人在海外谋生创业，将中医药带出国门。中医药作为一道虹桥，传播了健康、沟通了友谊、联通了世界。从明清时期的西学东渐，再到新中国文化兴邦——百年中医，是一部中医求生存、谋发展的奋斗史。

金华昌

域外岐黄一丰碑

坐标　美国　俄勒冈州约翰迪

图 2-1 金华昌公司博物馆

美国俄勒冈州的东部，一座名为约翰迪（John Day）的小镇点缀在茫茫荒原之中。1969 年，一座尘封许久的小屋被打开了。扑面袭来的，是一股浓郁的中国味。虽蒙尘几许，但陈设井然，恍若时空倒流。是谁、在何时、为何在偏僻的美国西部，筑起一座中国小屋？这里曾经发生过什么？

1862 年，美国西部的俄勒冈州发现了金矿，吸引了一批华人劳工跋涉至此。他们在山谷之中的峡谷市（Canyon City）安营扎寨、艰苦谋生。1885 年，一场大火摧毁了峡谷市的华人社区。在排华、辱华的风气下，华人劳工不被允许在废墟上重建家园，不得不被迫迁居到峡谷市以北的小镇约翰迪。

约翰迪聚集了越来越多的华人，人们急需一个抱团取暖的社区，也需要一个能与白人有效沟通的媒介。这样的社会现实，被来自广东新会的梁安敏锐地察觉到了。1888 年，他与来自广东台山的中医大夫伍于念买下了一间杂货店，合伙开办了一家公司，定名为"金华昌（Kam Wah Chung & Co.）"，寓意昌盛的金色花朵。梁安、伍于念从此开启了一生的友谊与合作。这一年，梁安 25 岁，伍于念 26 岁。

图 2-2 约翰迪小镇旧照

图 2-3 梁安

图 2-4 伍于念

图 2-5 金昌华旧照（1909 年）

梁安将金华昌大堂的一侧改造成一个杂货铺，方便华工们购买工作及生活用品。另一侧是一个中药房，伍于念坐堂看诊，为约翰迪的近两千名华工服务。

这座二层小楼不仅是中医诊所、杂货铺，也是休闲聚会之堂、疲惫旅人的栖身之所。小小阁楼，一方安逸世界。

图 2-6 小隔间药房

金华昌开放参观后，馆长和工作人员会轮流带领参观者小队进入金华昌，逐项引导并讲解。金华昌室内陈设区域的一切摆设都保持着 1948 年的原样，原封未动。

二楼是用于存放杂物的库房，从前存放在那里的文书档案已转移到本体建筑物旁边的金华昌探索中心，工作人员对档案进行了分类整理和翻译。

一楼右手的小隔间是药房，靠墙的药柜里摆满了中药，前面有一张高桌，桌上散放着一些杂物。墙上挂着西历日历，贴着民国时的招贴画、抬头见喜的条幅等。

图 2-7 金华昌一楼

图 2-8 馆长迈力特（右）在金华昌内为赵中振（左）做介绍

　　药房内尚存有约 500 种药材，博物馆工作人员翻译过来其中 260 种的名字，还有一部分查不到名字。在这方面他们需要一位中医药专家来帮忙，还有药材需要鉴定，随笔记录的档案需要整理。赵中振长期从事本草学、药用植物学与中药鉴定学的研究，在金华昌公司博物馆馆长迈力特的带领下进入了金华昌。

　　金华昌的药柜中摆满了常用中药。大概因为伍于念和梁安都来自广东的关系，药柜里摆放着不少广东特色药材，有木棉花、千年健等。一些平常人难得一见的动物药也在其中，有熊掌、鹿蹄筋、蛤蚧等。一个威士忌的酒瓶里面泡着一味中药——蕲蛇，经赵中振鉴定确认，此蕲蛇为正品，外观性状特点明显，吻端向上，背部两侧各有黑褐色与浅棕色的方胜纹，白色腹部有黑色类圆形斑点，尾部末端渐细而坚硬。一味中国药身居西洋酒瓶中，仿佛映射着早期华人移民的影子。

图 2-9 赵中振鉴定药材

广东省城大新街东头

沉香滚痰丸

中和堂陈李昌监製

左｜图 2-10 金华昌内的部分药材（1）
右｜图 2-11 金华昌内的部分药材（2）

药房对面是诊所、杂货区，经过药房侧面狭长的走廊可到厨房及休息区。隔断墙的门旁上贴着红色的对联："高朋满座，胜友如云。"狭小的生活区内，左右两侧分别是梁、伍两人的小卧室。走到更深处，一侧是有 4 张上下层的

图 2-12 从大堂进入生活区有隔断

床铺小屋，供临时住宿；一侧是厨房，用具齐全，灶台旁凿了一个手动汲水的压水机，可以足不出户取得饮用水。旁边是杂货区，货架上仍堆放着各色货物，有香烟、香皂、茶叶等，也有二胡、牌九、算命用的签筒等生活杂物。

左上｜图 2-13 杂货区　　右上｜图 2-14 厨房及休息区
左下｜图 2-15 伍于念卧室　右下｜图 2-16 临时住宿区

　　金华昌的账本记录详细，查阅进项可知，当时一张单薄的旅床能容纳四个漂泊的身影。

　　伍于念听过了太多华工的倾诉，见证了太多的生老病死。因为熟读《易经》，许多华工会来找他算上一卦，只因漂泊在异乡更希望得到心灵上的慰藉。

　　内室的一角立着一把二胡，馆长也知道这件乐器相当于中国的小提琴。傍晚劳作停歇之后，华工们会在齐聚一堂时拉起二胡，配合着那边角落里留声机播放的中国戏曲排解忧愁，做娱乐活动。

　　这些曾经鲜活的物件帮助华工们排解了乡愁，在那辗转他乡、言语不通，又饱受歧视的岁月里，金华昌成为了一个凝聚华人、同声同气、相互扶持的地方。

图 2-17 香案

图 2-18 二胡

当年华工的工作繁重，细菌或病毒感染是常有的事。金华昌的病案里，败血症的病例最多，其次是肺炎、脑膜炎、风寒及关节疼痛。只用草药无需手术的中医自然成为了华工们的首选。梁安负责购买药材、充当翻译，伍于念负责看诊、抓药、煎药。金华昌的这些药材，大多从中国香港经旧金山转运而来。

梁安幼年读过私塾，他能为同乡介绍工作、寄钱寄信、调解纠纷。有了他的协调保护，当地华人能安心劳动，自然也愿意到金华昌来购买新近从中国来的物品。

梁、伍二人慷慨和善，会与农场主分享雪茄，给孩子分发糖果，乐意为远道而来的华人和白人提供最大便利。于是紧接着，洗衣店、饭店、菜园、佛堂都围绕着金华昌建造了起来，金华昌成为了约翰迪的华人社区中心。

图 2-19 伍于念手迹

约翰迪的中国城逐渐繁荣稳固，成为当时美国境内仅次于旧金山和波特兰的第三大华人社区。梁安和伍于念的生意越做越大，越做越广。和那些有了钱就寄回老家的老乡不同，他们将收入再次投入经营。

梁安经常驾车带着伍于念去往各个城市和村庄给人看病。作为回报，外地人也常前往金华昌，购买货物和中药。有患者不远万里，从遥远的德克萨斯州和南达科他州慕名而来。

此时，人们记住的，已不再是伍于念的本名，而是一个更为亲切的称谓——喜大夫（Dr. Ing Hay）。

但就在一切都看似美好之时，约翰迪的淘金热潮戛然而止。梁、伍二人的人生，再一次猝不及防地转折了。

大淘金时代结束以后，当地的华人大多选择离开此地，而梁、伍二人却留了下来，从此，金华昌的命运发生了改变。华工纷纷离去，华人社区的其他房屋被逐一烧毁，与之一同消散的是"中国佬""廉价工"等充满歧视的标签。

图 2-20 伍于念印

1900 年，约翰迪的华人数量锐减到 100 人。喜大夫和梁安依旧经营着金华昌，他们相信衰落只是暂时的，盼望着工业时代的进步，约翰迪能再一次聚集华人。然而这一天，并没有到来。

图 2-21 梁安（1927 年）

梁安开始探索金华昌的商业转型。凭借出色的英文和社交能力，他把金华昌变成了白人也热衷光顾的百货商店。他投资股票、兴办实业，堪称在美华人成功创业的典型。1940 年梁安去世，享年 77 岁。这一年，约翰迪的华人总数已不到 20 人。

图 2-22 年老的伍于念在金华昌的门口

宛如伯牙失去了子期，喜大夫只能带着悲伤，独自支撑着金华昌。晚年，他还偶尔为当地人出诊，但最终还是关闭了药房。喜大夫只能在自己生活和工作了几十年的金华昌门口，用那双饱经沧桑的浑浊的双眼仰望蓝天，遥望万里之外的祖国故乡。

1948 年，喜大夫不慎跌伤，他不得不离开金华昌，住进了波特兰的养老中心。四年后，喜大夫因急性肺炎离世，约翰迪的居民为他举办了隆重的葬礼。下葬后，约翰迪的每个人都得到一枚五分钱硬币，这是这位善良的中国医生赠予社会的最后一份礼物。

'DOC' HAY, pioneer herb
doctor from John Day, a

图 2-23 伍于念遗像　　图 2-24 伍于念葬礼

上｜图 2-25 金华昌墙外留有弹痕的铁皮挡板
下｜图 2-26 未经兑换的支票

金华昌内的一切都被完好地保存了下来，一切都停留在喜大夫离开的那一天。铁皮挡板上的弹痕依旧清晰可见，向人们述说着华人在美国西部拓荒时代所经历的艰险。

1969年，落锁二十年的金华昌终于被再次打开。在喜大夫床下的柜子里，人们发现了一叠总额超过23000美元的未经兑换的支票，其中有许多是在大萧条时期开具的。喜大夫为何没有将支票兑现？没有人知道原因。

在波特兰老人院里，喜大夫曾立下一封遗嘱，要将他所有的财产留给他的女儿。他没离开中国时曾有过婚姻和一个女儿，他到了美国以后，配偶等家人还留在中国。喜大夫曾试着让家人也到美国安顿下来，但那时中美之间跨洋的联系很艰难，他花了很长时间寻找在故乡的家人，却始终没有得到回信。

最终喜大夫的资产被喜大夫的侄孙鲍勃·华（Bob Wah）继承了。在1958年，鲍勃·华签署了一份协议，将金华昌的资产捐给约翰迪市。政府人员收到捐赠后欢欣鼓舞，决定把金华昌设成博物馆保留下来。

但一些变迁使得博物馆的建设没能得到落实。直到1967年，当地政府在扩展公共设施时，才再次发现了金华昌。整理归置后，金华昌终于在1980年正式以博物馆的身份对外开放。2005年地方政府将金华昌公司定为美国国家历史地标（National Historic Landmark），并设立金华昌州立文化遗址（Kam Wah Chung State Heritage Site）。

图 2-27 碧空绿荫中的金华昌小楼

图 2-28 伍于念之墓

在中国人的心中，墓地的位置非常重要。20世纪50年代，许多埋葬在约翰迪城外墓地的华人被重新安置到中国，但喜大夫和梁安都选择了身后被埋葬在约翰迪。他们在城外北边的山坡上，每天俯瞰着约翰迪和金华昌。

图 2-29 墓碑旁的威灵仙

我生本无乡，心安是归处。墓碑之侧，盛开着一丛小花——可药用的植物威灵仙。威、灵、仙三字，恰是对喜大夫、梁安一生的浓缩与诠释。

今天的约翰迪是个仅有两千人口，以白人为主的小镇，已不见华人的踪影。只有金华昌旁边的路牌上装饰着中国的象征物——一龙一虎，提示这里曾驻留过中国人。

图 2-30 "虎踞龙盘"

白驹过隙，喜大夫和梁安的故事被华人后代铭记，它记录着医药精神，凝聚着人文思想，浓缩着中华民族的生命力。

二代、三代华人移民意识到，他们接触到的中华文化和历史太碎片化，需要将散落在美国的中华文化聚集起来，努力拼成一个整体，让它更完整。

"杏林春暖，橘井生香"，歌颂医家美德，"龙盘橘井，虎守杏林"，是中医药的浪漫。中国自古就有患者为感谢医者，在医家外植杏种橘的故事。是伍于念、梁安和更多的华人使得杏在外邦根深叶茂，橘在彼岸枝繁果丰。

图 2-31 生长在金华昌公司博物馆外的高大杏树

金鸣

曼哈顿的女中医

坐标　美国　纽约

纽约曼哈顿，广告商业大厦集中的麦迪逊大道与数十条大街交叉，初到纽约的旅人可能会迷失在这里大同小异的路口当中。与帝国大厦隔街相望的一幢老楼里开了一家中医诊所——鸣岐中医诊疗中心。

诊所的创办者金鸣，是上海中医药大学七七级中医本科毕业生，来到美国已有将近三十个年头，是纽约知名的中医专家。金鸣特别喜欢橘树，就在诊所里种了一棵，从小树苗养到年年结果的小树。诊所内装潢舒适，有多间针灸室，金鸣医生一直推崇针灸与汤药齐下。

诊所每个工作日的预约几乎满档，患者们非常乐意追随着金鸣看病，称她是纽约城的宝藏。一些慢性病在西医看来甚至不是病，可病症却时时困扰着患者。久病成医，金医生的患者常听她讲解中医的治法，理解中医从整体论治的思想，长期看诊的患者都觉得传统中医治疗的效果是显而易见的。

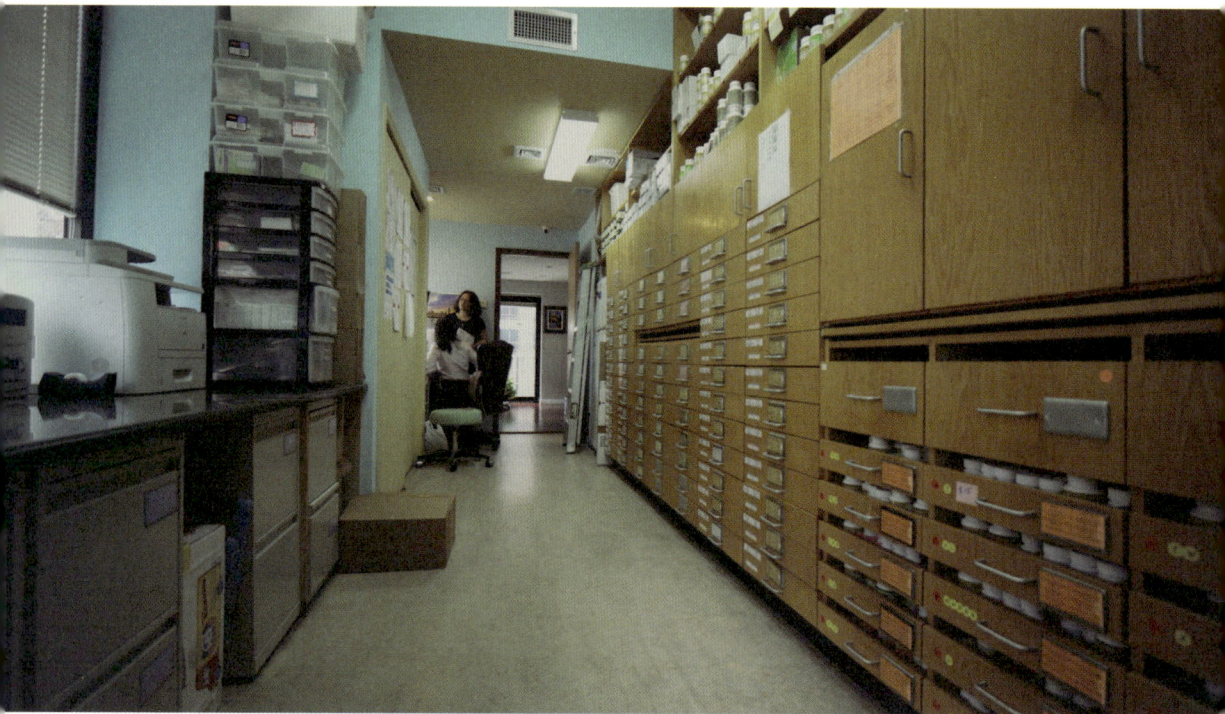

图 2-32 金鸣的诊所内

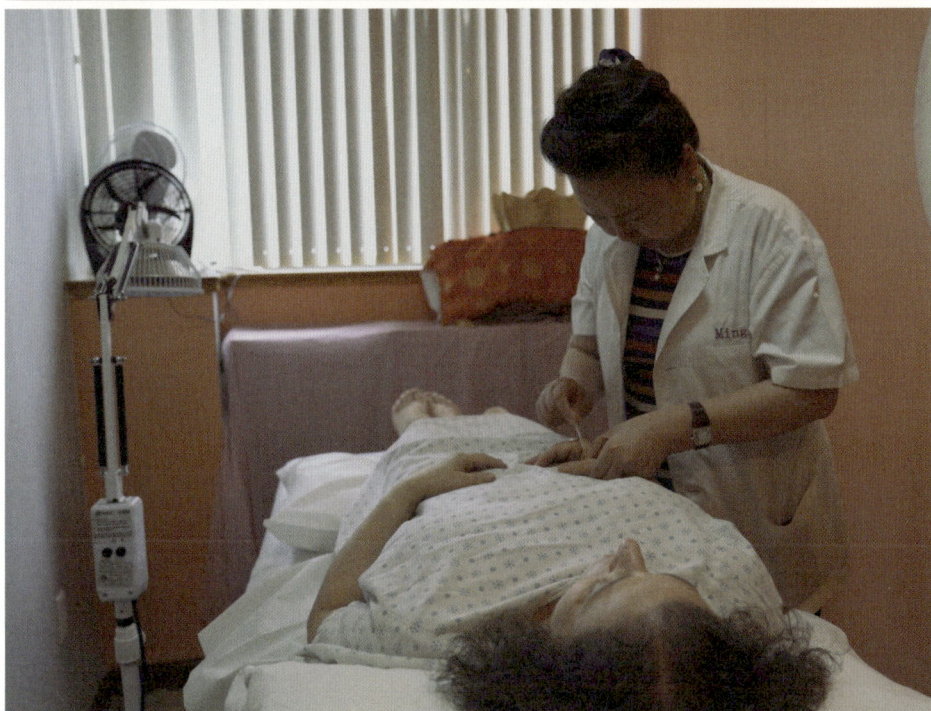

上｜图 2-33 接受采访时的金鸣　　下｜图 2-34 金鸣为患者进行治疗

而初来乍到时，金鸣对纽约、对美国都一无所知，她甚至不知道应该到哪里去行医。那时，美国尚未对中医药进行立法，老一辈华人医生只能小心低调行医。由于文化的差异，缺乏有效的沟通，中医药经常"被迫"触碰法律的边界。

虽然20世纪70年代针灸热潮曾传遍美国，但在相当长的一段时间内，不少美国民众对中医药仍持谨慎态度，金鸣的一身医术难以施展。只有崇尚自然疗法，对中医持宽容态度的群体，会偶尔叩开金鸣的大门。

万事开头难，金鸣感到，在美国做中医有点危险。可无论如何，以中医药治病救人是金鸣的看家本领、养家糊口的资本，中医还是要做的。

图 2-35 刚到美国时的金鸣

幸得久居纽约的老一辈中医丁锦元先生的提携，金鸣得以早上出诊，晚上教书，工作日程很满也有了一点收入。那时金鸣一天大概只能睡 4 个小时，不仅时常要提防各种突击检查，还常常受到美国社会的误解，她一度游走在法律的灰色地带。

一次与陌生人接触的经历给了金鸣一次打击，也反向激励了她的信念。某天金鸣打出租车去出诊，却突然被出租车司机赶下车，并厉声对她斥责道："出去！"金鸣很恼火，无故拒载这是怎么回事？那司机竟然说："你吸毒，不是好人，是瘾君子。"这飞来的谩骂简直是诽谤。金鸣转念一想才意识到，她身上有刚做完艾灸的气味，跟大麻的气味有些相似，司机误会成了大麻。

如此蒙冤的经历在金鸣行医的前期阶段时而出现，让金鸣感觉这样遮遮掩掩地从事本应光明正大的业务实在不是长久之计。为了促进中医立法，金鸣每周跟随纽约的中医师为官员和民众进行义诊。一次偶然的机会，让金鸣获得了美国人的信任。

原来上海中医药大学的宋老师打来电话，询问金鸣有没有一种药可以给狗吃，有一只宠物狗遇到了遗尿的问题，而且症状较严重，一路走会一路滴滴哒哒的尿不断。金鸣分析之后觉得金匮肾气丸应该能对症，于是开了一点药，并嘱咐可以拌在饭里让狗吃。结果很有意思，宋老师第二天打回电话说药效灵验，又接着让狗吃了一个礼拜的药，小狗遗尿的症状就痊愈了。金鸣拿到了在美国的第一笔诊金，也收到了狗主人的好评。到后来金鸣才知道，这条狗的主人是全世界最知名的明星之一——迈克尔·杰克逊。

美国中医的流行趋势在良好的口碑下开始发酵，随即而来的是1990年美国针灸立法，金鸣获得了针灸执照。1992年，金鸣将自己的诊所开进曼哈顿，这是她立足美国的决心。

1994年的一天，诊所出了一件事，突然进来了十几个人。金鸣还在看诊，他们亮出了证件：纽约卫生局，说要调查一下这里的中药。金鸣是诊所的负责人，不请自来的政府人员使她心里感到了不安。引发这次事件的是一种治疗女性子宫肌瘤的药物肌瘤平，因为其中含有一味紫石英，导致含铅量过高了。根据警方提供的消息，患者在体检后发现体内铅含量远高于美国法律允许的食物中的含铅量。一时间，这情况让金鸣手足无措，进退两难。

但若按照当时《中华人民共和国药典》的标准，紫石英是可以使用的，在美国却得到了相反的答案。这个矛盾是由于两国将该药视为不同品类，中国将该药当作药物处理，而美国则当作食品及添加剂处理。如果美国的标准与中国一致的话，有很多在美国不符合食物标准的中药材、中成药，或许便可以作药物使用了。就像化疗一样，对于非癌症患者是伤害，但对于癌症患者是一种治疗方法。

这件事让金鸣栽了个跟头，吃到了官司，几乎倾家荡产。金鸣感到，中药若想在美国立足，必须要适应美国法律。1995年，金鸣注册了自己的中药公司，目的就是能够提供一批在美国生产制造的、符合美国法律标准的中药。

金鸣认为现在中医药从业者的任务是做好一味药，留一份精、一份神。金鸣时常驱车外出，寻找优质道地药材。她因此结识了诸多志同道合的华人同胞。

图 2-36 宾夕法尼亚州广布森林

金鸣在治疗癌症和免疫缺陷症方面，有独到的经验体会和常用药。西洋参是一味好帮手，不过在美国想找到比较优质的野生西洋参并不容易。

林西是出生于美国的华裔，林西的父亲在美国专门从事野山参产业已将近三十年。如今，林西子承父业，常年与野生西洋参为伴。林氏父子对西洋参药材质量的筛选非常严格，因为他们供给药材的对象是治疗癌症的医生，他们需要担负起人命相关的责任。金鸣的诊所与他们保持着长期的合作关系。

野生西洋参生长在幽暗静谧的自然森林之境里。

中国人自古便对参有着独特的追求。当中国人参的用药需求与野生资源出现矛盾后，人们必须探寻新资源或替代品，1716 年在北美发现的西洋参就是其中之一。此后，北美野生的西洋参源源不断地运往中国，丰富了中药资源的宝库。

进入森林寻找野生的西洋参需要好的眼力、耐力和耐心，寻觅的过程需一直步行，会花相当多的时间。可能走出好几里地也见不到一株野参，也可能找到一株就发现其周围分布了一片。

图 2-37 工作中的林西

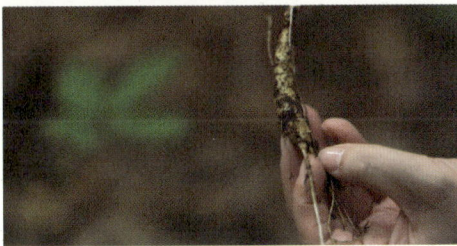

上丨图 2-38 金鸣与林西进入森林寻找野生西洋参
左下丨图 2-39 野生西洋参植株　　右下丨图 2-40 刚挖出的野生西洋参

从植物基原角度来看，西洋参与中国的人参是同属植物亲戚。西洋参为多年生草本，植株高 25~30cm，有时分叉。根部入药，具有横向环纹及线形皮孔状突起，并有细密浅纵皱纹及须根痕。主根中下部有侧根。掌状复叶3~4 枚轮生于花茎顶端，小叶 5~7 片，多个小花组成伞形花序生于茎顶端。浆果果实成对状，成熟时为鲜红色，似以叶为掌托住中央红果。味甘、微苦，性微寒，具有补气养阴，清热生津之功效。

与在中国挖人参不同，西洋参在美国没有悠久的历史，也没有繁琐的采参仪式。但何时采挖、怎样采挖、如何售卖，美国政府作出了严格的规定，即便是种植者，也必须严格遵守。

采挖方法倒是简单，只需一个改锥刨开土壤，顺着茎找到根完整地挖出即可。但关于采挖的时间，美国法律有规定，西洋参只能在 9 月以后，即等到果实成熟后才能采收。需要人们把果子种下，再取走根，让它们再继续生人参。天然生长的西洋参各式形态都有，甚至可见生长密集的西洋参根部缠绕在一起的情况。

每值采收时节，金鸣都会接到林西的电话，告知新的西洋参已经采挖到了。从林西的父亲开始，林家就坚持要把最好的西洋参给真正有需要的患者，面对直接前来购买进货的商人，林氏父子要保证药材直接提供患者，不止是为了利润。如此坚定的事业心和道德操守，让林西以他父亲为傲。

图 2-41 金鸣与林西发现了一株野生西洋参

图 2-42 林家的林中小屋

　　尽管曾经陷入困境，现今金鸣的诊所早已步入经营正轨，打开了知名度。看罢千帆，金鸣感慨，当不为吃饱饭而活的时候，可能因物质太丰富，人们会滥用物资，不珍惜资源。因此她由衷地希望，中医药人能够不忘初心，给患者的药是最适合的，给患者的方案总是最优化的。

　　草、药、人，无非医者仁心，无非回归事物本源。

　　时过境迁，如今，8间诊室，日常的门诊让金鸣难有闲暇。当越来越多的金发碧眼与针灸草药相遇，那便是古老中医药的新纪元、新起点。

赵中振

亲手解剖破谜团

坐标　印度　特伦甘纳

自古以来，中药的地理来源广泛，药物的种类非常多样。中医药的开放与包容，丰富了药物的品种与数量。

牛黄是牛体内的结石，具有全科药用特质，价类黄金，约在12世纪由中国传入阿拉伯地区。龙涎香源自抹香鲸，既是高级香料，又是传统名贵药材，由海外传入中国。猴枣是应用于化痰镇惊的儿科常用药物，它究竟是什么？源自哪里？业内众说纷纭，又因过往历史条件的限制，令中国人未能实地探明。

为了探究猴枣的本源，赵中振发起了考察行动。

香港是世界中药材的重要集散地。一条高升街，百年来云集了众多药材商贾。李熊记的"掌门人"，耄耋之年的李震熊先生，收藏了来自世界各地的诸多珍稀名贵药材。赵中振多次到李熊记请益李震熊，在店内见到了各种规格的猴枣。

图 2-43 猴枣

图 2-44 赵中振（左）与李震熊（右）

图 2-45 印度特伦甘纳地区的市场

猴枣临床上主要应用在中成药猴枣散中。猴枣散不但在中国香港市场上销售量好，在中国内地的市场中也是很畅销的药物。但是，李震熊如是说，猴枣其实应该叫作羊枣，因为它产自山羊的体内，整个行业实际依靠的是饲养山羊，每年印度的牧羊人都将猴枣收集起来并售卖出口。中国也有山羊，但不产猴枣，如果对猴枣的产生过程一无所知，那么说不定哪天中国宝贵的药材库可能会失去这一稀缺品种。

调查猴枣的目的就是为中药正名，探索其真正的来源及生产过程。

印度拥有源远流长的传统医药学历史，也曾在香料之路的贸易中扮演着重要角色。在印度向导艾贾兹先生的带领下，赵中振和考察团队深入印度腹地寻找产猴枣的印度山羊，严格地说，这是一次"羊枣"考察之旅。

考察队到达了印度南部的特伦甘纳。这里是半山区，自然条件优异，拥有天然的牧场，大部分牧民家里都饲养着山羊。

图 2-46 印度特伦甘纳地区的牧羊场

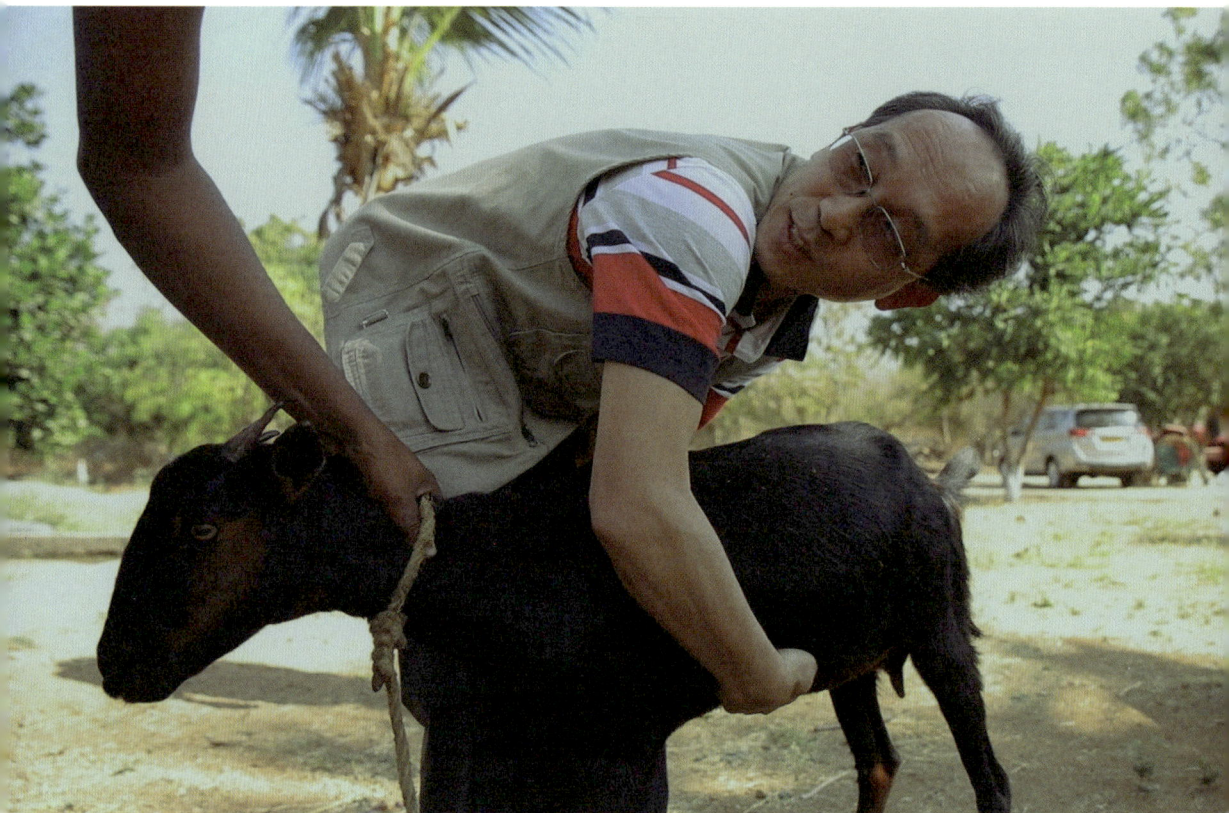

图 2-47 触摸羊腹检查有无结石形成

　　进入一个当地的牧场后，考察队发现，有经验的牧民，仅靠触摸羊的腹部，便可知哪些羊已经"怀上"了"羊枣"。

　　羊有四个胃，小肠后面的部位是盲肠，后面接着大肠，伸手摸向小羊的腹部便可感知到各个器官的位置。在牧民宰杀山羊之后，就能解密"羊枣"的形成。

　　羊枣的形成，大约需要 120 天。为保证羊枣不会因时间的推移而被排泄遗失，牧民会在每年 12 月之前取出羊枣。幸运的是，在考察中，牧民解剖山羊得到的"羊枣"品相基本都属于比较好的等级，很易观察到性状特征。

　　印度当地分布着一种豆科植物——阿拉伯金合欢。其果实约在六月份成熟，果实从树上掉落后，牧民会收集起来，浸泡在盐水里（羊也是喜欢咸口

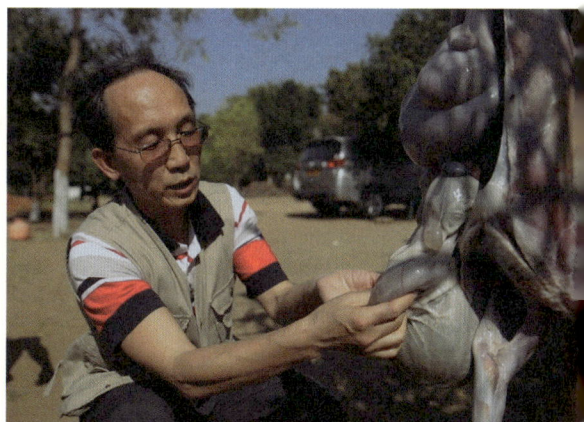

左上｜图 2-48 阿拉伯金合欢
左下｜图 2-50 解剖后得到的羊肠枣（1）
右上｜图 2-49 参与解剖山羊
右下｜图 2-51 解剖后得到的羊肠枣（2）

儿的物种），然后喂给山羊吃。阿拉伯金合欢果实中间的种子进入羊的盲肠后难以消化就形成了结石。

调查发现，中药市场中多数的猴枣品种确系羊枣，另有形状偏大不规则的少量猴枣来源尚待探究。

中药发现的历史，是一部人类探索大自然的历史。自古中药有外来，无论大汉还是盛唐，中医使用的药物都远远超出了中国的疆域。张骞二出西域，郑和七下西洋，一些看似平凡的草草木木，被无数车载船运，东来西往。药材牵动了经济，改变了环境，融入了文化，促进了交流，也影响着人类的命运。

"一带一路"上的中医药传输，从未停止，如今越发兴盛。

图 2-52 在印度绵长的公路上

　　人类，栖息于土地，得益于自然。本草无疆，这份浓缩在中国人血液里的初心，洋溢着温婉、执着的中国质感，彰显着生生不息的中国力量。

浸润 第三集

本草一门，内容钜亿，奥义深邃。

本草是中国传统药物学的代名词，有着广泛深厚的基础和顽强的生命力。

它既是中国对外交流的重要载体，又是世界认识中国、研究中国的重要窗口。

业承一祖，道传八方。中医药传承至今，与世界的交融，悄然无声。

奥洼康洋

平民外交一使臣

坐标　日本　东京

图 3-1 奥洼康洋（右）与赵中振（左）老友重聚叙话旧日

奥洼康洋独白：我是抱着心灵相通的想法，开始了中日友好交流。

太阳冲破天际，东京开始忙碌起来。年逾古稀的奥洼康洋先生，独居东京一隅，享受着晚年的清闲。闲时浇花剪草，这普通的生活背后，透射出一生的荣辱辛劳，珍藏着半个世纪以来与中国的千丝万缕。

知道今天有中国的老朋友前来，奥洼康洋的期待，显得有些焦急。家中的会客室收拾妥当，奥洼康洋端出准备好的茶点，拿出当年的老照片，要好好与朋友叙一叙旧。

来人是奥洼康洋的后辈，也是曾经的同事赵中振。二人互道无恙，短暂热情的互通近况后，便坐进会客室忆起当年事。一张张泛黄的相片，是那个时代的缩影。

赵中振是改革开放之后赴日留学大军中的一员。在东京药科大学获得博士学位后，赵中振进入了奥洼康洋所在的星火公司工作，从此与奥洼康洋这位老前辈相识、相知。十年未见，赵中振眼里的奥洼康洋已变了模样，褪去了工作时的不苟言笑。

图 3-2 奥洼康洋珍藏的中国朋友们的老照片

奥洼康洋与中国颇有缘分。由于当时奥洼康洋所在的日本星火产业株式会社规模较小，在市场上竞争的优势有限，所以星火株式会转而从中国直接进口中成药并在日销售。

20 世纪 60 年代，在当时西医盛行的日本社会，日本普通民众几乎对中成药一无所知。奥洼康洋作为公司的推销员，首先从推广治疗皮癣的华佗膏寻找突破点，整日提着小包挨户探访，栉风沐雨。

奥洼康洋从很早以前就开始向日本人推广中药，以中药的确有实效为展示亮点，让他们习惯使用中药。曾经被中国人用作烫伤药的华佗膏，逐渐进入了日本人的家庭药箱。凭借执着的精神，从华佗膏、六味地黄丸、补中益气丸、舒筋丸、至宝三鞭丸，再到冠元颗粒，他让一个个中国名优中成药品先后进入日本市场，这一切都凝聚着奥洼康洋先生的心血。

奥洼康洋并非中医专业出身，几十年一线的磨练，让他积累了丰富的中医药知识。作为星火株式会社曾经的高级管理人员，奥洼康洋平日不苟言笑、为人正直，在员工中拥有很高的威望。

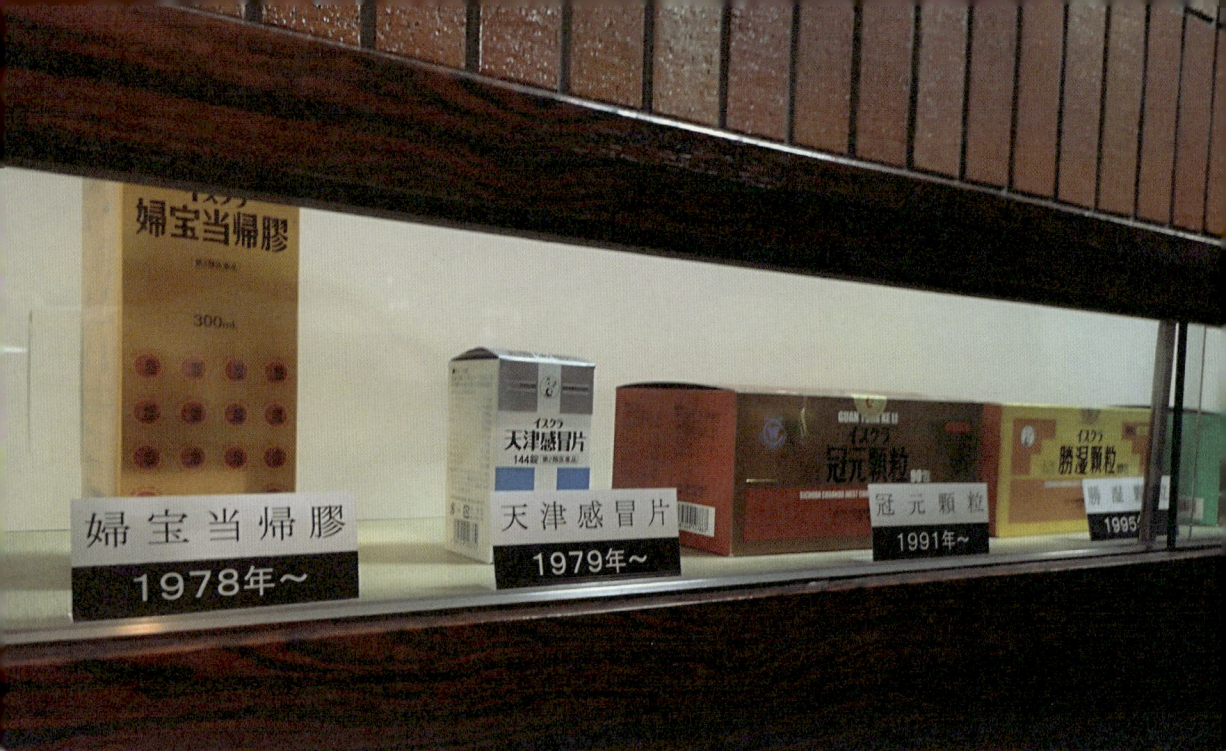

图 3-3 奥洼康洋向日本人推广的中成药

图 3-4 奥洼夫妇

从 20 世纪 60 年代到中国改革开放，奥洼康洋常年往返于中日两国，因此结交了来自中国各界的众多朋友。四十年间，奥洼康洋往返中国超过 200 次。

奥洼康洋的夫人荣子女士是传统的日本家庭主妇，夫妇俩平日生活简朴，居住在普通的公寓中。为了与中国朋友充分交流，荣子女士坚持不懈地学习中文。

图 3-5 奥洼夫妇邀请中国员工及家属到家中过新年

20 世纪 70 年代，中日邦交正常化后，两国的交流迎来了新的历史时期。传统医学交流日益活跃，人员往来频繁。

每当新年即将来临之际，奥洼夫妇总会邀请在日的中国青年到家中聚会，共叙友谊。而夫妇俩的新年，总会推到 1 月 2 日去过，这在日本社会并不多见。

在并不宽敞的家中，荣子女士总会为做客的中国朋友们精心准备丰盛的日式餐饮，热心地讲解每种日本菜肴的习俗、典故。让身处异国他乡的中国朋友们，感受有如家般的温暖。

图 3-6 奥洼夫妇为中国朋友们准备的年饭

2008 年 11 月，荣子女士因肝癌晚期入院，医生预计她的生命很难维持到月末。弥留之际，荣子女士决定将生前省吃俭用积攒下的 10 万美元作为奖学金，通过奥洼康洋捐赠给香港浸会大学中医药学院，促进中医药事业的发展。这是一位日本普通人真诚的善举。2008 年 11 月 19 日，荣子女士进入生命的终章。2009 年，奥洼康洋手捧荣子女士的遗像，不顾身患感冒的不适，如期参加了香港浸会大学中医药学院举办的奖学金捐赠仪式。在此之前，他刚刚驾车陪伴荣子女士的骨灰完成了环绕日本的旅行。

奥洼康洋独白：创业至今，这个桌子就一直存在。我们应该能从旧桌子上学到很多东西。

自退休后，奥洼康洋与曾经奋斗过的地方一别已是二十多年。老公司里浓缩着自己的辛苦往事，奥洼康洋决定去那里走一走、看一看，因为他也很难预计下次再去会是什么时候。

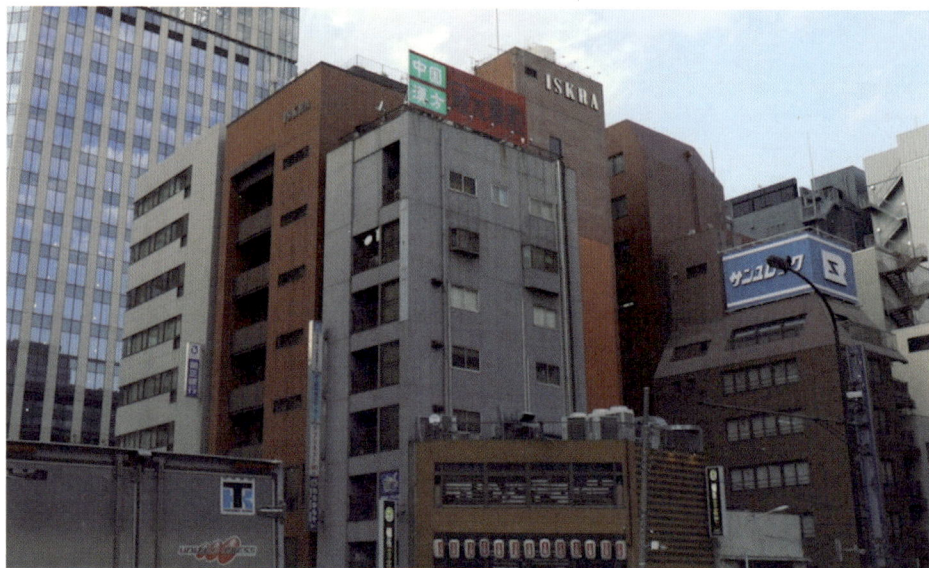

图 3-7 星火产业株式会社总部

图 3-8 星火产业株式会社陈列室

　　日本星火产业株式会社，位于东京都中央区，他们称这间初创时期的办公室是星火的"井冈山"。这里完好地保留着老一辈员工们使用过的办公桌椅，至今将近六十年。这里的一切，都记载着创业的艰辛，让每一个初到此地的人瞬间回到半个世纪前。

图 3-9 创业之初的老办公桌

图 3-10 奥洼康洋与前来探望的中国员工

1960 年 3 月，石川士郎怀里揣着仅有的 1000 美元资金，与四名员工一起，以进口前苏联小儿麻痹症疫苗为契机，开始艰苦创业，并特别强调要与社会主义国家发展友好关系。星火株式会社的指导思想，给人以这样的启示：不能把贸易活动仅仅视为单纯的经济行为，贸易和友谊是相辅相成、相互统一的。

在中日两国尚未建交的年代，星火株式会社与中国的友好交往，得到了周恩来总理的肯定。

从 1987 年开始，奥洼康洋与其他员工一起，每年到中国重走红军当年的长征路，以此增进对中国的了解、磨砺意志，让自己不忘创业初心。他们希望"星火精神"可以代代传递，星火燎原。

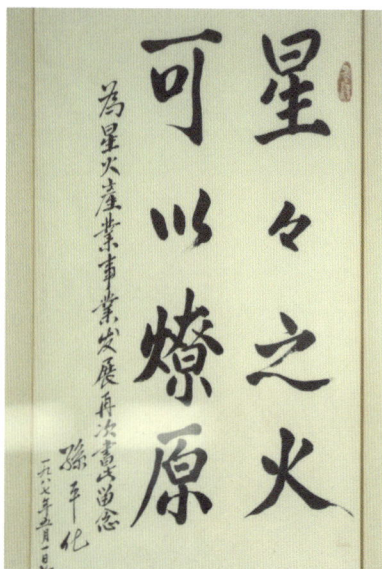

图 3-11 前中日友好协会会长孙平化为星火产业题字

文树德

中华医药传道人

坐标　德国　慕尼黑

上｜图 3-12 文树德收藏的中医药文物（1）
下｜图 3-13 文树德收藏的中医药文物（2）

图 3-14 文树德在联合国教科文组织总部演讲

　　2017 年，香港展出了一批从海外回流的中医药文物。它们记载着中国人曾经的生活方式。这批文物的捐赠者，是一位来自德国的汉学家——文树德。

　　文树德年轻时主修药物化学，对汉语很感兴趣。在德国学习了古汉语之后，文树德叩开了中医古籍的大门，与中国结缘。自汉代古籍至 21 世纪的《中华人民共和国药典》，文树德研究分析过百余部中医药典籍。其中让他感到最有意思、篇幅最长的本草典籍就是《本草纲目》。

图 3-15 《本草纲目》金陵本

文树德认为,《本草纲目》大概是 16 世纪欧亚全大陆最大的药物和自然历史的著作,不仅是一部药学百科,它更展示了中国人对生活的态度、对自然科学的态度。

改革开放后的中国,在全球力推中国传统文化。作为外籍学者,文树德积极地参与到中国的这项战略中来。

文树德与中国的故事开始于 1960 年代,从那时起,他便一直研究中国的本草文献。有趣的是,由于文树德先学习到的是中文古文,到了中国后才发现"之乎者也"并不是很流通,于是又经历了一段学习现代白话文的时期。不过文树德的致学目标从未改变过,潜心研究文献数十年后,以前四十年的经验为基础,文树德开始了更长期艰巨的《本草纲目》翻译工作。将《本草纲目》翻译成一门外语,必须掌握包括历史、古代语言、西医、中医四个方面的知识,文树德的研究是经年累月的,而国际聚焦于《本草纲目》上的视线也日益热烈起来。

联合国教科文组织在 1992 年发起《世界记忆》计划,为保存人类记录的文件档案遗产为目的,建立世界记忆名录(Memory of the World Register)。中国的相关部门找到文树德,请他向联合国教科文组织的世界记忆名录提议收纳《本草纲目》。文树德立刻答应了下来,并向联合国教科文组织递交了一封陈述《本草纲目》立意的推荐信。2011 年 5 月 26 日,《本草纲目》和《黄帝内经》共同被选入于世界记忆名录中,文树德作为背后的推手之一,感到非常欣慰。

2017 年,5 月 26 日被定为李时珍纪念日。2018 年 5 月 26 日,绵绵细雨中,各国人士云集于湖北蕲春,共襄纪念李时珍诞辰 500 周年之盛举。文树德也受邀前往参加典礼,到蕲春拜谒李时珍之墓、重会旧友,并与中外学者聚首研讨,使他内心澎湃。

中医药文化土壤丰厚,数千年来,医、药、仁、德救人于危难,流芳于千古。蕲春是中国长江中下游地区的小县城,1518 年,李时珍就诞生于此。李时珍从 23 岁开始就立志钻研医学。在浩如烟海的本草古籍里,李时珍发现了很多前人的错误。35 岁时,李时珍开始了一项惊人之举——重修本草。经过二十七载春秋的编撰,书考八百余家,李时珍终于完成了《本草纲目》书稿。然而,未等到《本草纲目》的出版,李时珍便溘然长逝。

图 3-16 文树德（左）在蕲春李时珍纪念馆

图 3-17 李时珍像（蕲春县李时珍纪念馆）

在 20 世纪 50 年代初的世界和平理事会上，李时珍被推选为世界文化名人。莫斯科大学主楼内，李时珍与牛顿、伽利略、居里夫人等世界闻名的科学家同列荣誉殿堂。

上｜图 3-18 李时珍与世界 59 位科学家同列荣誉殿堂
下｜图 3-19 莫斯科大学李时珍像

李时珍成为了一个符号，是中国古代医药学的杰出代表。《本草纲目》刊行之后，在大中华圈内逐渐传播开来，也伴随着茶叶、丝绸、瓷器流传至欧美。

面对百万字的《本草纲目》，文树德已用了近十八年的时间来翻译，但仍未完成，他预计共需要二十年上下。着手翻译这部鸿篇巨著之前，文树德已经编写了一部《本草纲目词典》，为西方同仁、爱好者搭好了一座解读《本草纲目》的桥梁。

文树德在世界多所学府讲学，他更注重引导年轻人对中医的兴趣。文树德对研究中医的年轻学生们，有这样几个要求：①因为是中医中药，不可全部依靠西洋语言的书籍，所以必须学好中文；②要了解中国的语言、历史，学会普通话；③还要深刻地学习中文古文。

据中国中医科学院郑金生教授多年研究医史文献的经验，他总碰到一个很奇怪的现象——西方的图书馆，只要碰上不认识的中国古代药学著作，便都暂且叫作《本草纲目》。《本草纲目》几乎成了西方称呼中国古代药学著作的代名词。

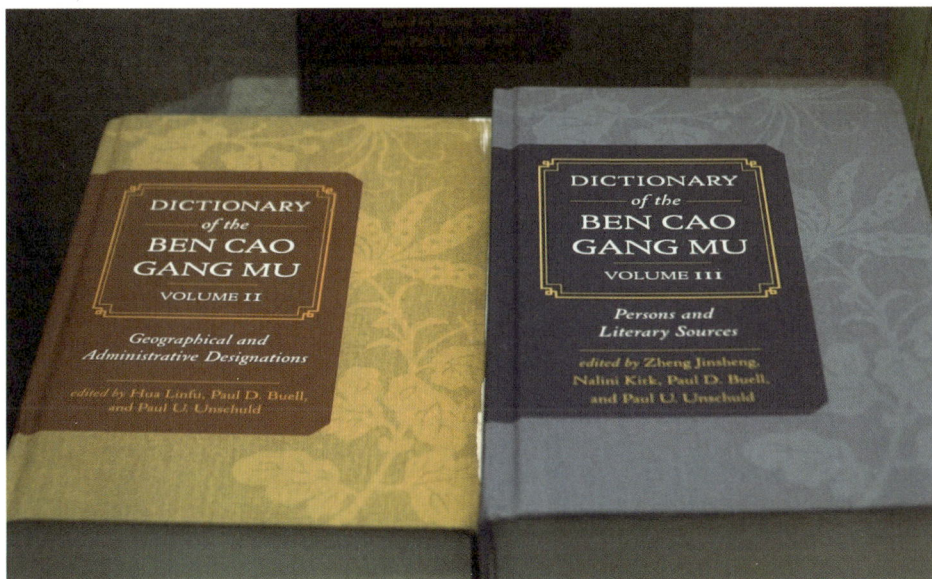

图 3-20 文树德等人编著的《本草纲目词典》

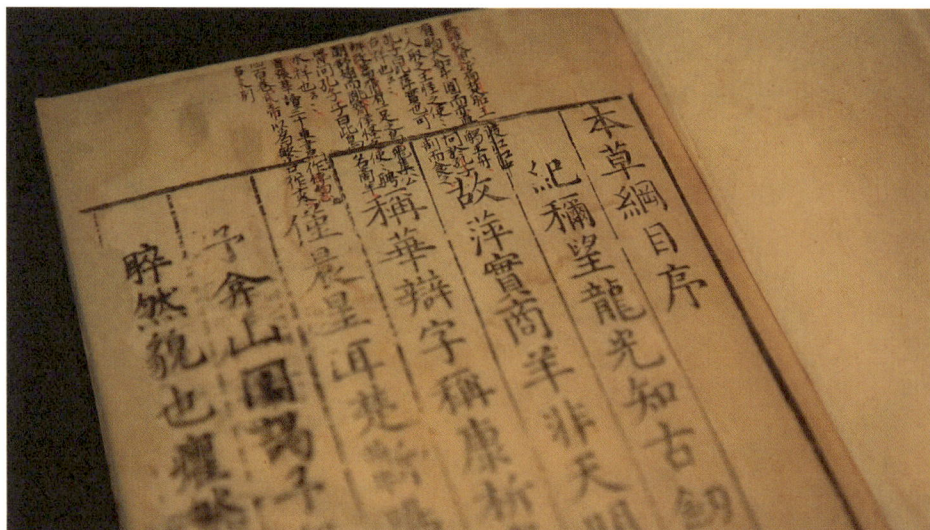

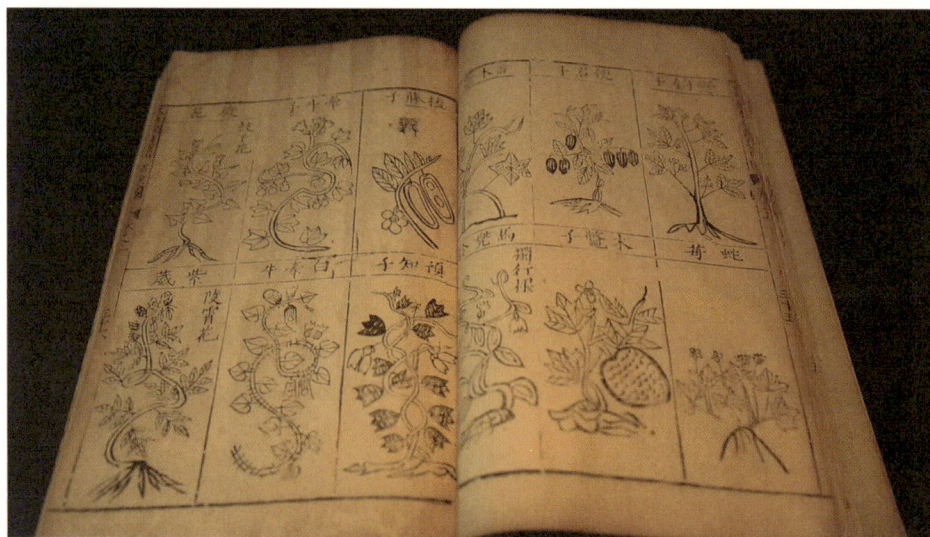

上｜图 3-21 《本草纲目》金陵本内文（1）
下｜图 3-22 《本草纲目》金陵本内文（2）

　　李时珍《本草纲目》最初的金陵版刻本，刊行于 1593 年到 1596 年间，被称作《本草纲目》的祖本，有着极高的文献价值与学术价值。截至 2013 年，《本草纲目》金陵版在世界上只存有八部全帙，四种残本，其中现存于中国的只有两部全帙。

真柳诚

本草王国任逍遥

坐标　日本　横滨

图 3-23 与爱犬一同遛弯的真柳诚

　　生活在横滨的真柳诚，每天早饭后总会和自己的爱犬一同沐浴阳光。在宁静的小道和公园间漫步或奔跑一阵后，再回到研究室做研究。

　　真柳诚家中二楼和工作的研究室里堆满了藏书，《本草纲目》的多种版本，解读、翻译后的各种本草古籍，是他的重点收藏。

　　他女儿的工作及爱好与他的完全不同，还曾经问他，藏书中最贵的是哪本书。他没有告诉女儿，怕自己百年之后孩子会把珍藏卖掉。

　　真柳诚是日本著名的医史文献学家，做研究是真柳诚的兴趣。家中满房间的古籍，还不及他藏书的1/4。

　　20世纪80年代时，真柳诚曾在北京留学。他以收藏文献学为核心，从事汉字文化圈本草史、医学文化交流史的研究。真柳诚收藏的第一本线装本是1981年在北京收来的，那时他特意穿了中山服，变装成中国人，去内部书店买了不少古籍。

　　近代以前，日本人对中国的医药很有兴趣，越南人和朝鲜人也是如此。不过，越南、朝鲜与中国接壤，比较容易到中国。日本是岛国，过去来往于中日之间是不容易的，所以很多日本人只得自己看书学习。日本江户时代的医生跟贵族一样，拥有较高的社会地位，他们都很认真地在学习中医。

图 3-24 书虫真柳诚

    《本草纲目》在江户时代初期进入日本，最早的记录在 1604 年。江户时代的医生几乎人人都收藏《本草纲目》。很多医生有意让患者看到诊室里的《本草纲目》，就是在暗示这位医生有学问，患者可以放心，也有的就是拿《本草纲目》当个摆设。现在，真柳诚也在诊室里摆放着一套《本草纲目》。当然，《本草纲目》之于真柳诚，可不是摆设。

图 3-25 真柳诚的部分藏书

图 3-26 真柳诚徜徉书海

第三集　漫游　真柳诚　本草王国任逍遥

长达两百多年的日本江户时代中，中国的各种知识大多通过书籍传入日本，并为日本所接受。在中医药学日本化的过程中，中国文献起到的作用不可估量。

真柳诚给自己的研究室起名愚公庵，取愚公移山的意思，他移的山是中国和日本的本草书籍。庵内有堆积成山的本草古籍、译本及个人笔记注释出版物，这些都是真柳诚早年在中国北京、上海淘书开始，历经几十年一点一滴搜罗起来的珍藏。

一般上班族的工作时间是朝九晚五，埋首文献的真柳诚则每天从上午十一点开始工作到晚上六七点。他开玩笑称中午不吃饭，是因为要减肥。真柳诚正在做《伤寒论》的研究，最常用的资料都在近处。休息的时候他喜欢泡一壶中国茶，说是比日本的还好。

图 3-27 愚公庵挂牌

图 3-28 醉心于本草研究的真柳诚

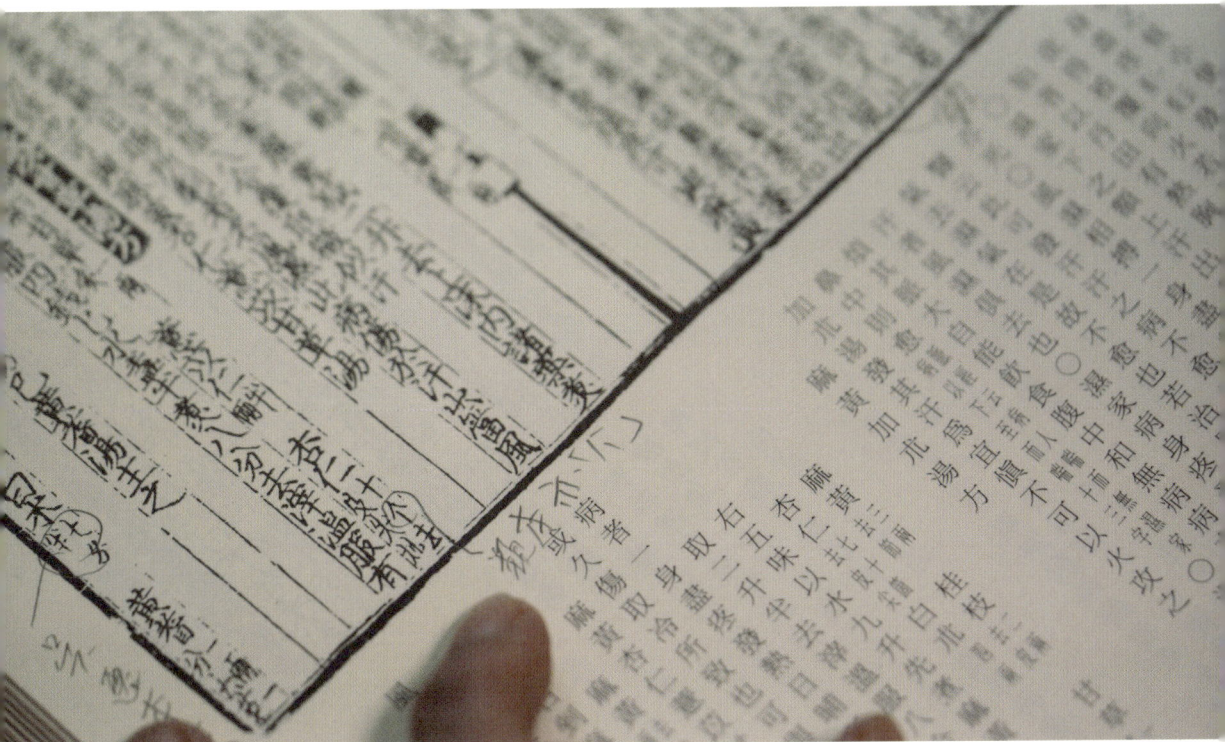
图 3-29 真柳诚校对古籍

　　一杯清茶，满屋书香。在几十年的时间里，真柳诚走访了十多个国家和地区，他把中医典籍的流传——这个费时费力的研究对象进行了彻底的盘点和记录；他协助中国学者，把藏于日本的 153 种中国散佚古医籍，全部复制返还回中国。

　　近水楼台，东京也有真柳诚淘换心选善本的地方。东京神保町内，有一条街号称为世界第一古书街，便是真柳诚的淘宝之地。这里保留着日本昭和时期的街景，有历时百年的老书店，残存着时代的印记。

图 3-30 东京神田古书街

图 3-31 坐落于神保町的一间书店——鸟海书房

　　明治时期，神保町地区陆续设立了一些高校，全国各地的学生来到神保町附近居住，各类书店也就应运而生。经过时间的催化，这里逐渐形成了一条书店街，世界各国的书刊云集于此，琳琅满目，书香四溢。鲁迅先生笔下的内山书店正是在这里落户。每年 10 月，这里会举行神田古籍祭，书店店家会拿出自己的珍藏共襄盛举。

　　四十年前，鸟海洋的父亲创办了一家主要经营销售自然科学类书籍的旧书店，如今早已交给鸟海洋打理。鸟海洋的书店"麻雀虽小"，但书籍种类却很齐全，其中还不乏极其珍贵的古籍孤本。

　　日本的中药历史发展绝对离不开《本草纲目》。江户时代，《本草纲目》作为中药学的典范，已经被广泛使用，它也是药物学史上不可缺少的书籍之一。因此，在日本，有学者给《本草纲目》的内容作注解，然后再教授给学生。也有学者以《本草纲目》为研究对象，提出自己的学说再传授给学生。日本相继出现了着重研究《本草纲目》的学科和著作。

　　例如，《本草纲目启蒙》是江户时代的《本草纲目》注解书，此书主要将《本草纲目》的草药和日本的草药进行了对照。因为药材方面出一点差错

图 3-32 书店内部

就可能在临床应用中酿成大错，所以研究诸如此类从中国传入的书籍，对于日本来说还是非常重要的。

图 3-33 翻阅《（重订）本草纲目启蒙》

中日传统医学互相之间的交流，有着一衣带水的地理之便，又有汉字文化圈的文化之利。古代东方各国多属农耕社会，食性及生产方式比较接近。因此无论药物资源、文字及文献载体、生活习性等各方面的亲和性，都为传统医药学的交流带来了莫大的便利。

自从《本草纲目》传进日本以后，日本学者便把《本草纲目》和西方荷兰传入的兰学结合起来，促进了日本的植物学和药物学的发展。

日本中医学会会长平马直树说："以前，日本的传统医学在学习中国的过程中，不断取得进步和发展。与中国交流频繁的时候，日本医学发展得很好；但是当两国处在动乱时期，两国交流不是很多的时候，日本的医学也停滞不前，这样循环反复。因此，日本的传统医学，独自发展成为与中国不一样的中医，这是中医学的一个流派。"

图 3-34 赵中振（左）与日本中医学会会长平马直树（右）

上｜图 3-35 镜头下的奥迬康洋　　下｜图 3-36 镜头下的真柳诚

　　在星火公司总部，触摸老旧斑驳的桌椅，奥迬康洋似乎忘记了回家的时间。奥迬康洋反复说道，中医药从业者们不能一直依赖前辈们创下的辉煌成就，要坚持学习中药理论，并继续在日本推广中医药。

真柳诚一生徜徉在自己的世界里，现在他年近七十，但退而不休。在他看来，退休的意思是不领薪水了，而不是停止研究。中国上下五千年的历史，中医药方面的发展太多，这门学问可以一直挖掘下去。

研究汉学半个多世纪的文树德，热衷于向西方译介最能代表中医精髓的经典之作。79 岁的他，仍从医史文献中汲取智慧。

图 3-37 文树德专程来中国参加纪念李时珍 500 周年的活动

19 世纪，亚欧两个文化区的军队技术碰撞，结果是中国败了，欧洲赢了。研究历史让人们知道，以前的一个劣势，将来可能变成一个优势。西洋人会对中华文化感兴趣，中医有其贡献，中医药或许可让西方国家的治疗方法进一步发展。因为医疗、医学是每一种文化的重要组成部分。

本草无疆，河润泽及。超越时空、跨越种族的浸润，延绵无声。

如茵

第四集

　　世界各国都有自己的传统医学，但经过历史的大浪淘沙，中医药越显现出其活力。在西方推进现代化的浪潮中，很多国家的传统医学都被摒弃和中断。而中国的中医药持续发展，成为目前影响力最大、使用人口最多的传统医学体系。在全球中医药人的共同推动下，中医药所蕴藏的无数宝藏，正源源不断地得到发掘并焕发出新的生命力。

雷生春

暑热凉茶润心田

坐标　中国　香港

图 4-1 在药房里工作的梁家豪

梁家豪独白：香港不止有高楼大厦，还有很多老一辈留下来的好东西都是我们的根基，比如说凉茶。

　　如果要选一种最能代表香港的味道，那一定就是凉茶了。凉茶在香港有一百多年的历史。凉茶是岭南风俗的一大特色，也是中医的一大疗法。临水而居的香港人，很懂得如何将"水"融入日常。

　　凉茶因中国岭南地区的地理和气候特性而生。

凉茶的配伍，随四季不同而有所变化。简单的可由一两味祛湿、清热的草药组成，所用的多为香港常见的植物，如鸡骨草、鱼腥草、毛冬青、岗梅、金樱子、火炭母、白茅根、淡竹叶等；繁则可多至如五花茶、廿四味等。

2006年5月20日，由广东省文化和旅游厅、香港特别行政区民政事务局和澳门特别行政区文化局联合申报的凉茶，作为传统手工技艺，列入了中国第一批国家级非物质文化遗产名录。2011年，香港民政事务总署从香港上百万件文物中进行挑选，最终挑选出6件文物，以"香港馆藏选粹——香港文化及历史系列"为题，发行了一套特别邮票，香港浸会大学孔宪绍博士伉俪中医药博物馆的凉茶罐名列其中。凉茶既体现了香港的风土民情，也是中医药"药食同源"的一个代表性范例。

图 4-2 凉茶讲究配伍

梁家豪，香港土生土长的 70 后，在他的记忆里，曾经香港地区的民众看西医的机会不多。人们有了小病小症，便基本上都喝凉茶。上至雪鬓霜鬓，下至蹒跚学步，凉茶是香港老少咸宜的饮品，哪个久居香港的人能没喝过凉茶呢？

梁家豪作为中药药剂师，在药房工作、制作凉茶已有十余年了。平凡的岗位上，他有太多的个人回忆。而他工作的地方——雷生春堂，不但保存了香港人的集体记忆，又与香港的命运息息相关。

1920 年，祖籍广东台山的雷亮来到香港，白手起家，经营贸易和运输业。1929 年，雷亮向政府购入位于旺角的一块土地，兴建铺居大宅，并将其定名为雷生春。

1931 年，雷生春落成。这座融汇中西风情的骑楼，上居下铺。在平民云集的九龙半岛，雷生春的药房是服务社群之所。雷亮在地面层开设药房，出售自制的跌打药水，因物美价廉，广受坊众欢迎。

雷生春堂本身是跌打药行。新中国成立前，雷生春一直帮助贫苦大众，惠泽相邻。雷生春的八宝跌打刀伤止血药水，本是一个很小的处方，但由于药效显著，成了有名的跌打药，不但供应中国香港本地，还供往北美洲、非洲及东南亚等地。

图 4-3 雷亮（中）及家人旧照

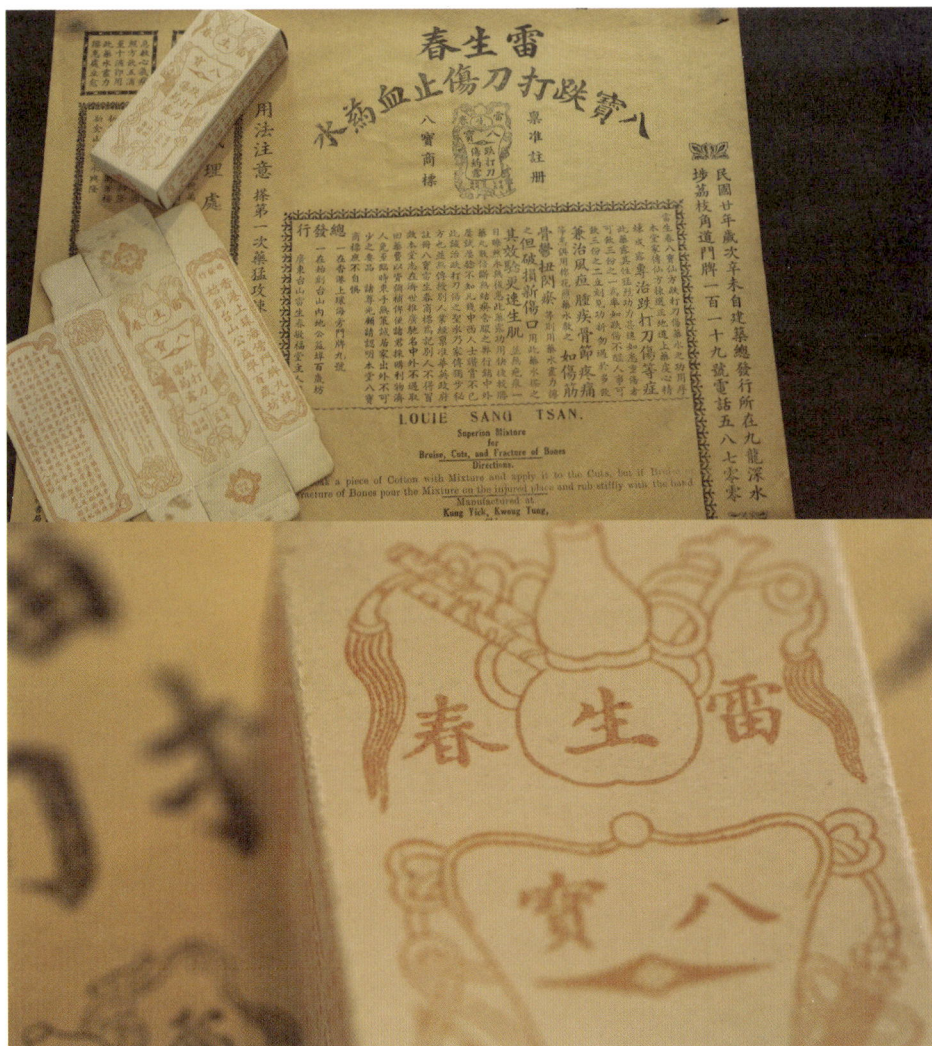

图 4-4 八宝跌打刀伤止血药水

香港与中医药有着天然的缘分。早在明代，香港及东莞一带盛产用作中药沉香的白木香，香港因其地理优势，便充当了转运白木香的主要港口。久而久之，"运香之港"便逐渐被略称为"香港"。

岭南地区民间使用中药材的现象很普遍。香港人医食结合，煲汤喝与饮凉茶早已成为习俗，一个强调温补，一个侧重清泻。凉茶，凝聚了几代香港人的记忆。

1960 至 1970 年间的香港，市民会聚集在凉茶店里进行各类娱乐、社交活动。创业多年的凉茶铺仍以家传的方式经营，一代传一代，每家都有自己的配方。对于许多香港人来说，如果没有凉茶，整个夏天就会缺少许多滋味。

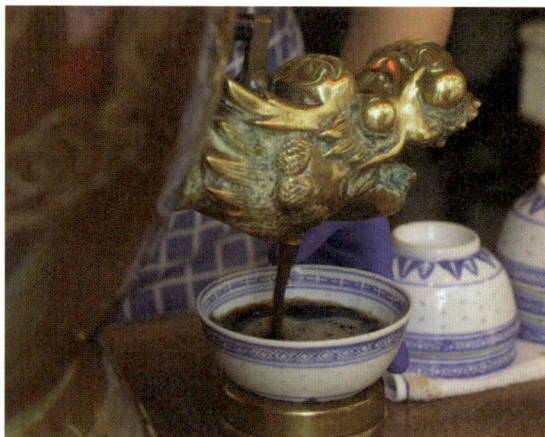

图 4-5 街边贩售的凉茶

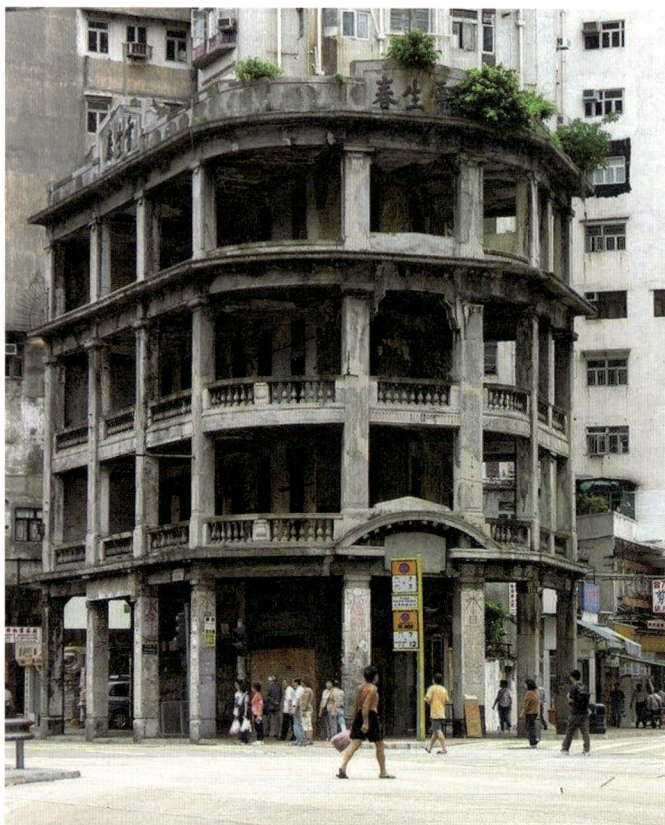

图 4-6 一度荒废的雷生春

建筑无愧为人类历史的见证者，它见证了太多的人海风波和悲欢离合。

雷生春落成的十三年后，1944 年，雷亮病逝，雷生春的药房随之停业。1960 年始，雷氏后人相继迁出雷生春，最终人去楼空，外墙褪色，杂草丛生。雷生春的一代辉煌，成为了过去。

图 4-7 现在的雷生春重获新生

2000 年，香港古物咨询委员会评定雷生春为一级历史建筑，雷氏后人为保存故居并回馈社会，于同年作出了把雷生春捐予政府的决定。

2008 年政府将雷生春纳入第一期《活化历史建筑伙伴计划》的项目中，香港浸会大学最终成功获选负责雷生春的活化工程，计划将原建筑改建为中医药保健中心。活化工程于 2012 年初竣工，雷生春从此迎来新生。同年 4 月，香港浸会大学中医药学院——雷生春堂正式投入服务。每日来雷生春堂就诊的患者络绎不绝，既可享受优质的中医药服务，又可感受中国传统文化的博大精深与中医药民俗的生生不息。

图 4-8 凉茶大铜壶

这些年，香港凉茶业的复苏，让梁家豪引以为豪。每天下午，梁家豪会在雷生春地面层，为各色客人讲述凉茶的故事，描述香港的魅力。

梁家豪独白：中医药不是一个凝固的东西，我觉得它是可以被不断发现和发掘的。我们香港这一代的年轻人，就是要不断承继老一辈自强不息、刻苦耐劳的狮子山精神。

图 4-9 梁家豪

与凉茶颇为"接近"的茶，本是一味药。各类饮品层出不穷，凉茶始终保有自己的地位。作为饮料，茶最开始在英国贵族女性群体中流行开来。到了工业革命时期，能提神解乏的茶，得到了工人们的喜爱，茶叶的需求量猛增。

图 4-10 黑茶之乡——湖南安化

英国本土没有茶树分布，所有茶叶皆为进口。早在 17 世纪 30 年代，源自中国的茶叶，就被荷兰人带到英国。起初，中国茶叶只在英国咖啡馆里作为振奋精神、理气健脾的草药销售。后来，英国茶叶进口的主要货源地逐渐被印度、斯里兰卡取代。英国控制了全球的茶叶贸易，成为新的"茶叶帝国"。此时，茶叶不再是英国人的奢侈品，它早已完成从昂贵药品到普通饮品的蜕变。

　　当"中国风"在英国弥漫时，茶叶与瓷器、屏风、绸幔等东方器物一起，被赋予了静雅绚丽的色彩，成为了上流社会的时尚。宫廷饮茶风尚的盛行，引起了英国民众的加倍兴趣，以至于伦敦的药房都急于增加"茶"这种新药。

　　不过，正宗的茶仍然在中国。

图 4-11 英国茶叶铺里的茶叶样品

何仲涛

首相青睐民间医

坐标　日本　东京

图 4-12 何仲涛讲述他的故事

何仲涛独白：患者都是冲着我的针灸、中药这方面来的。

刚刚从患者家治疗完毕出来的何仲涛，急匆匆地穿行在东京地铁内。这对于一位年过七旬的老人来说，显得有些吃不消。但频繁往返于日本患者的各家之间，早已是何仲涛的常态。

何仲涛曾在中国从事中医内科、妇科等临床工作共二十八年。在国内学习研究的过程中，何仲涛了解到日本的汉方产业非常发达，于是便产生了想了解和探索日本汉方起源及发展的想法。何仲涛在业余时间学习日语，通过相关部门的考试，获得了笹川医学奖学金，成为了赴日大军中的一员。

1990 年，何仲涛来到日本，他希望将在国内二十多年的中医经验和日本汉方结合起来应用于临床。但初到日本之时，何仲涛发现，日本的医疗主要是以西医为主，但只要医师有相关的资格，便可以开汉方、中药处方。而大部分日本医师都是按照制药公司提供的说明书来开处方的，这就相当于把中医处方当作西药来用，这让何仲涛感觉，日本民众根本不知道什么是中医。

图 4-13 何仲涛开设徐福针疗所

最初到日本的时候，何仲涛白天在医院进行临床指导，晚上上夜校学习。多年来，在临床实践中，何仲涛发现日本社会对中国传统医学其实有着极大的需求。比如，日本民众患了感冒会用葛根汤，患了肝炎会用小柴胡汤。但按照中医学理论来说，不是所有的感冒都可以使用葛根汤。如果是风寒感冒，可以用葛根汤，但如果是风热感冒，则要用银翘散。由此，何仲涛发现，日本的汉方和中医临床的差异很大，于是，他决定开设自己的中医针灸诊所。

针灸在中医治疗中是非常重要的手段，但在日本，很少有医生做针灸的。经过三年的努力，何仲涛拿到日本的针灸执照后，于 2009 年开设了属于自己的具有法人资格的徐福中医研究所，并附设徐福汉方药局、徐福针灸院。

相传，两千多年前，秦始皇命令徐福率 500（也有 3000 之说）童男童女东渡扶桑寻求仙药，至今日本仍流传着徐福东渡的佳话。在日语中，"徐福"的读音和"女福"一样，这也寄托了何仲涛希望能保证女性患者的健康，让她们幸福的美好意愿。高龄少子化，一直是日本面临的社会问题。何仲涛以治疗妇科不孕症见长，他的患者中，大约 80% 为女性。

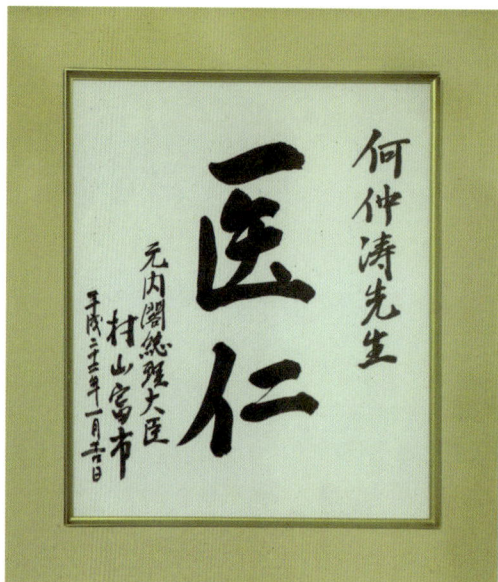

图 4-14 日本前首相村山富市为何仲涛题字

据统计，目前全世界范围内有三十多万来自于中国的中医医生，给他们所在地区的老百姓提供医疗服务。

何仲涛的诊疗对象，主要锁定为西医棘手的疑难病症患者。因其高超的技艺，何仲涛的名字在日本社会口口相传，从而逐渐有了"送子观音"的称号。

中医与病患之间的交流，有时更是一种呵护。何仲涛是改革开放以来，中医药人在海外奋斗的一个缩影。存仁义者为仁医，这是何仲涛心中理想的医生形象，也是他一生从医风范的写照。

山田光胤

同干异枝在东瀛

坐标　日本　东京

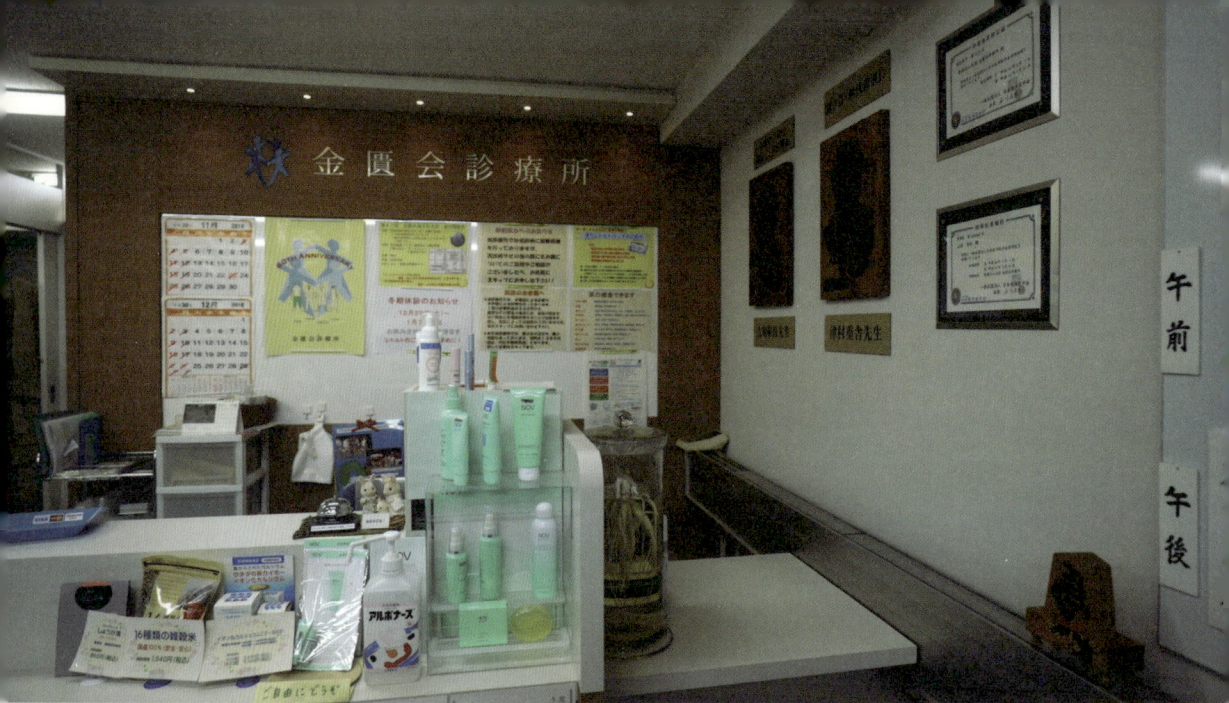

图 4-15 金匮会诊疗所

距离何仲涛诊所约 15 分钟车程的东京站附近，日本第一家中医诊所——金匮会诊疗所，隐藏在高楼密林之中。

图 4-16 金匮会诊疗所创始人大塚敬节先生

很多到访这里的患者，都是因现代医学医治不了他们的病而来的，到诊所接受中国传统医学治疗之后，果然见到了疗效。

山田光胤与中医药有着很深的渊源。据他回忆，他很小的时候患过一场大病，一度病危。当时山田光胤有幸得了到金匮会诊疗所创始人大塚敬节先生的医治，很快便恢复了健康，这让他对医学产生了浓厚的兴趣。

图 4-17 时 95 岁高龄的山田光胤仍在坐堂看诊

日本战败后，山田光胤进入医学院学习，后来成为了大塚敬节的弟子。

明治时期，日本逐渐摆脱了闭关锁国的枷锁，实行对外开放政策，西洋医学取代中国传统医学成为日本社会的主流。昭和时期，中国传统医学复兴，出生于医学世家的大塚敬节投身到复兴中医的运动中来，于 1957 年开办了金匮会诊疗所。山田光胤毕业后来到金匮会诊疗所坐堂看诊，专攻中医学，至今已有六十多年。

山田光胤独白：一日为中医，终生为中医。

马玉玲

坐标　英国　牛津

象牙塔内添明珠

图 4-18 马玉玲享受忙碌生活中的点点时光

　　独自生活在牛津的马玉玲，平时难得有真正属于自己的闲暇时间。即使来英国已有三十年，马玉玲仍然保持着中国人的生活习惯。一碗中国面条，做出来的是故乡情怀，也是对健康生活的执念。马玉玲喜欢做饭，但忙碌的工作让她无暇顾及太多个人爱好。她的背后，没有"容易"二字。

图 4-19 马玉玲为自己做的简餐面条，中国胃、中国心永远变不了

图 4-20 马玉玲获得博士学位

    1991 年，35 岁的马玉玲带着美好的憧憬来到英国进行交流访问，随后留在伦敦攻读博士学位，进行牡丹皮对心肌细胞电生理特性影响的研究。但即将学成之际，命运给了她一个沉痛打击。丈夫的突然离世，让马玉玲不得不暂时放下研究。

    长期以来，西方主流医学对中医中药的接受程度有限。马玉玲通过博士论文答辩后，进入英国帝国理工学院，转而进行西药的毒副作用研究。

    在马玉玲看来，现在医学的发展是很惊人的，仅二百多年便能发展得比中医中药的发展还要快。但现代医学也有不足之处，比如，西药大都是单体化合物，会引起毒副作用，而中药方剂通过配伍却可以解决毒副作用的问题，因为中药方剂是从整体观的角度出发组成的药。

    21 世纪伊始，越来越多的西方人开始重新审视生命的整体观。系统生物学鼻祖，牛津大学的教授丹尼斯·诺贝尔（Denis Noblel）的理论深深吸引着马玉玲。

马玉玲独白：我们现在把单细胞、单分子、离子都研究这么多了，但是好多实际问题，生命当中的实际问题还是不能解决。那现在再回过头来，在系统里面看一看——那不就是中医学的整体观嘛！他这样一讲、我一听，就感觉特别兴奋。我说这终于有一个西方的权威开始考虑整体的问题了，就觉得我们中医跟西方的科学家，可以有对话的基础了，那就是中医可以跟系统生物学比较的。现在西方人，也在开始考虑多种成分的药物了。

八年的研究，让马玉玲越发了解国际医学界对生命系统及整体观的认识，她回到了中药的研究上来。在这期间，有一个人悄悄走进了马玉玲的世界。阿德里安·约翰逊（Adrian Johnson），马玉玲的第二位人生伴侣，两人在一起生活了十二年。

1992 年，马玉玲和阿德里安在北京的一次文化交流活动中相识，并一直保持着友谊关系。2000 年，两人步入婚姻殿堂，相濡以沫。

图 4-21 阿德里安和马玉玲

温文儒雅的阿德里安与中国颇有渊源，他曾两度被委任为英国驻华使馆文化参赞。因为工作的需要，阿德里安去过中国的每一个省，是一个十足的"中国通"。每当阿德里安和马玉玲谈论起中国，都会让马玉玲深受感动。中国的改革开放、邓小平时代的政策、"摸着石头过河"，等等，这些中国的事情阿德里安不但理解，还经常向英国人解释，传递中国的声音。马玉玲说，如今中英两国在文化、科技方面的交流有深厚的基础，阿德里安在其中起到了很大的作用。

　　中医的发展是中国伟大复兴的重要组成部分。马玉玲至今仍然记得，多年前阿德里安给外国朋友介绍中国的伟大复兴的场景。有人说中国"学"得很快，阿德里安说不对，中国不是"学"，中国是"想"起来了。以前中华民族在全世界范围内都是强大的，中国人知道他们的国家在清末一百多年间出现了各种各样的问题，使中国变得很落后。但其实中国人以前都会做这些事，现在都"想"起来了，所以中医也"想"起来了。

图 4-22 工作中的马玉玲

第四集　如茵　马玉玲　象牙塔内添明珠　127

图 4-23 马玉玲领导的牛津大学中医药研究中心

马玉玲格外珍惜第二次婚姻，但命运的不公再一次降临了。2012 年，阿德里安因心脏血管瘤突然辞世，马玉玲的人生跌入谷底。

马玉玲说她感到独在异乡为异客，但阿德里安对中国的热爱与对中医的肯定，成为了马玉玲必须坚持下去的动力。她从悲伤中走出来，重新拾起自己的专业，钻进实验室，仿佛是在为阿德里安继续完成未尽的事业。

马玉玲在牛津开始了复方中药的研究工作，扎实的研究成果为她带来了喜讯。2017 年，牛津大学成立了由马玉玲领导的中医药研究中心（Chinese Medicine Research Centre），这是马玉玲的一小步，是中医走向世界的一大步。

在牛津大学成立中医药研究中心，马玉玲有自己的初衷，她想搭建一个平台，能够把牛津所有可以利用的资源和各个学科的专家整合起来，大家共同参与中医药的研究和发展，"百花齐放"。

每当夕阳西下，马玉玲总爱独自来到一片草地上。凝神远方，思念故人，回味人生。

图 4-24 回顾往事

　　回顾多年的研究事业，马玉玲说："有的时候，人的一生，你经历很多的其实是特别悲惨的事。你感觉这路好像已经没路可走了，但是就从这最低谷里边，其实还是有希望的"。

图 4-25 马玉玲与阿德里安

齐加力

杏林自有后来人

坐标　美国　洛杉矶

图 4-26 任丽萍

在总给人阳光沙滩印象的美国西海岸，华人移民众多，对中医的需求也随之高涨，中医的影响力涉及各个社群。

任丽萍是改革开放后闯荡美国先锋队中的一员，1991 年，她告别南开大学的三尺讲台，怀里揣着仅有的 400 美元来到美国。

初到美国的任丽萍在一家中医诊所里打工，盘缠极其有限，只找到一间车库，在里面临时住了一个月。凭借良好的专业基础，任丽萍获得了患者的信任，很多患者来到诊所看病，点名说要 Docter Ren（任医生）看，任丽萍的薪水也逐渐水涨船高。

来美一年之后，任丽萍开设了自己的诊所。任丽萍刚离开祖国时，大女儿已经上小学高年级了，而小女儿齐加力则出生在美国的土地上，齐加力跟随着母亲的诊所一同出生、成长。

任丽萍曾以为，现在的二代移民、千禧世代，不会愿意做坐堂看病、开方抓药这些看起来很枯燥的事情，但小女儿的态度让她有了改观，笑道，看

图 4-27 任丽萍与齐加力

来这些年轻人骨子里还是流着炎黄子孙的血的。

自从接到香港浸会大学中医药学院的通知书，齐加力便每日沉浸在兴奋之中。这位出生在美国的 90 后女孩，在足球场上是一名健将，很难让人将她与中医药联系起来。

对于齐加力来说，对她影响最大的还是母亲任丽萍。一方面，任丽萍一直费尽心力让女儿不忘中文和中国的文化传统；另一方面，任丽萍的工作也深深吸引着年幼的齐加力。

图 4-28 任丽萍教齐加力认中药

图 4-29 母女散步

　　齐加力从小便看着任丽萍用中草药、中医针灸给患者治病。年纪还小的齐加力曾偷偷地把药房里的各种药混到一块，还美其名曰"开处方"。面对这种看似捣乱、实为模仿的行为，任丽萍没有生气，但又不得不将女儿开出的"复方"一味药一味药地分开。

　　作为一个美国出生的华人，齐加力受到的家教十分严格。齐加力从小在家只能讲中文，不许讲英文。

有一次，齐加力发现墙上有一块匾，上面写着"世上无难事，只怕有心人。"她问："妈，这是什么意思？谁有心？为什么要怕？"还有一次，齐加力看到"无法无天"四个字，便开心地向任丽萍"炫耀"道："妈，我会三个字，'天'什么'天天'"，随即引来哄堂大笑。

　　任丽萍对中医的执着与敬业，影响着齐加力的成长。即便在多元化的美国，齐加力仍然保持着中国人勤奋、扎实的特质。齐加力20岁时，开始攻读临床药学博士学位。毕业之后，齐加力每天与任丽萍一同上下班，在她的心里，装着一个大梦想。

任丽萍常常带着齐加力出席各种重要活动，她希望女儿能够向美国社会介绍中医，消除西方人对中医的片面认识，建立起联通中药和西药、东方和西方、植物药和合成药的桥梁。

如今，齐加力的人生又迎来了一个新的起点。从香港浸会大学中医药学院结束研究工作之后，齐加力回到洛杉矶，作为美国南加州大学迈克尔逊融合生命科学中心癌症聚合科学研究所博士后学者（Post-Doctoral ScholarofCSI-Cancer: USC Michelson Center Science Institutein Cancer），也加入到国际中医药的科研团队中来。

在新时代，中医药发展已上升为中国国家战略。在"一带一路"的进程中，中医药正在全方位地走向世界。

来华学习的外国学生当中，除了学习语言外，在自然科学的门类当中，学习中医药的留学生数量是最多的。

在瑞典诺贝尔博物馆里，陈列展示着一百多年来获得诺贝尔奖的九百多位科学家和他们珍贵的录像资料，屠呦呦的资料赫然在列。

中医药是一个伟大的宝库，中医药王国当中还有很多未解之谜，这正是其魅力所在。人们应当以更加宽阔的视野、更加博大的胸怀，将世界传统医药的宝贵经验兼收并蓄。中医药的种子已经撒向了世界，愿中医药之花开遍全球。

附：《本草无疆》诞生记

我有个不好的习惯，但凡做脑力工作，总爱在晚上做。如果越做越激动，我会在不知不觉中迎来天亮。

2019年9月3日晚，我正在做《本草无疆》的后期剪辑。过了零点，忽然感觉肩膀被拍了一下，一回头，看到的是我夫人的笑脸。她从来不会在这个时候打扰我，为什么这次还笑得这么开心？没等我开口询问，夫人一边摸着大肚子一边对我说，天亮后你可能就要当爹了，我感觉快要生了。

我仿佛受到了激励，借着这股激动劲儿，又干了一通宵。

次日一早，我把夫人送到医院。我一边打着瞌睡，一边陪产；夫人一边忍着疼痛，一边埋怨。

傍晚，我有了儿子。月末，我完成了片子。

图 5-1 导演、撰稿人之一——浣一平

这两个"子",我不敢怠慢其中任何一个。

孩子,怀胎十月即出生。一部大型的纪录片,十个月往往不够。为了《本草无疆》这部片子的诞生,我们准备了好几年。

一、初识

2013 年的夏天,我正在筹备一部以李时珍《本草纲目》和艾叶为核心的纪录片《从艾出发》。身边的朋友向我"支招"说,你的片子要讲李时珍、要讲《本草纲目》,那就一定要采访赵中振教授。

在那个微信还不普及的年代,我正在深圳河的北畔工作,与香港隔河相望。隔着这条河,我通过一封又一封的电子邮件向赵教授请教李时珍和《本草纲目》的相关问题。终于在一个午后,我跨过了深圳河,来到香港浸会大学采访赵教授。

我原以为会在赵教授的办公室里速战速决地结束采访,没想到一进中医药学院的大楼,就被赵教授请进了会议室。会议室不大,但是有一半的座位已经坐满了学院的老师和同学。原来,赵教授并不急于接受采访,而是希望号召大家集思广益,能把中医药纪录片构思得更系统、立体、完善。在谋篇布局上,赵教授让我感受到了前所未知的高度——那次的会议可以说是我人生中上的第一堂中医药课。

赵教授热情、儒雅、健谈,正如《本草纲目》序言当中,王世贞对李时珍描述的那样,"睟然貌也,癯然身也,津津然谭议也"。

第一次会面,赵教授不但为我解决了很多相关问题,还向我展示了他收藏的木雕李时珍像,带我参观了中医药学院的博物馆、标本中心,还热情地充当讲解员。从那时起,赵教授便把我引进了中医药的大门,让我从一个门外汉,变成了一个爱好者。虽然那时候的我,科属不懂、五谷不分,也不明白《本草纲目》为什么会收载一些奇奇怪怪的药。

二、知音

《从艾出发》制作完成之后,赵教授带着我探访莫斯科大学的李时珍像,一窥圣彼得堡各单位收藏的《本草纲目》刻本,先后拜访了马继兴、金世元、陈可冀、肖培根、王孝涛、郑金生等中医药大家之后,指导我完成了《李时珍与＜本草纲目＞《寻找野山参》等一系列中医药纪录片的拍摄。之后，我们又共同创作了《中振说本草》《本草说》等在网络上推广的视频节目，我也成为了香港浸会大学中医药学院的常客。

我把一次又一次的合作，当成一堂又一堂的课，慢慢感受到中医药的魅力、中国人的智慧、中华民族的精神。中医药，散发着独特的东方之美。

有一次，拍摄收工后，赵教授在兴奋之余对我说，一平啊，我二十多年前就想把中医药搬上荧幕了。一听此言，我忽然有了如遇"知音"之感。时至今日，我依然清晰地记得，"二十"这个数字，赵教授说得很重。

赵教授不仅是一位如李时珍一样的博学大家，也是一位如徐霞客般的实践家。他考察过国内三十多个省区的药材产区，走访过世界七大洲的四十多个国家和地区，是一位行知合一的学者。

经过多年的合作与碰撞，赵教授与我树立了一个共同的目标：把传播的视角放到国际上去。

以纪念李时珍诞辰 500 周年为契机，《本草无疆》这部纪录片开始在脑海中萌芽。

图 5-2 浣一平（左一）、真柳诚（中）与赵中振（右一）

三、融合

制作一部国际性的系列纪录片，不是一件容易的事情。多年以来，我的体会是，如果纪录片导演不懂中医药，则很难驾驭中医药纪录片。这倒不是说一名纪录片导演必须要懂得把脉开方、看诊抓药，而是要了解建立一门"纪录片＋中医药"的交叉学科，树立一套中医药类纪录片的思维体系。我在学习中医药的同时，赵教授也在学习传媒。

赵教授与我在众多的碎片时间当中，明确了《本草无疆》的制作方向：我们要讲中医药探索发现、交流传播的故事，要记录中医药影响世界的重要事件，中医药人拼搏奋进的精神——归根结底，还是人的故事。中医药的传承发展，在时代背景的更迭下，在人物命运的悲欢起落中，才会更加彰显生命力。

有了几年磨合的基础，2018 年初，赵教授与我正式开始了《本草无疆》的拍摄工作。在前期没有经费的情况下，我们 1 月飞往印度溯源猴枣；3 月飞往郑州

图 5-3 剧组在拍摄，赵中振（右一）在拍摄制组

寻访《本草纲目》金陵本；5月飞往巴黎，在联合国教科文组织总部采访拍摄了参加纪念李时珍诞辰 500 周年会议（世界中医药联合会主办）的德国的文树德先生。接下来，我们开始了来往于英国、美国、日本等地的长途旅行。我手机里的某旅行类 app 记录得非常清楚，仅 2018 年一年，我就"飞"了 36 次。

赵教授时常鼓励我说，外出拍摄，一切听导演的。

在海外的拍摄，时间紧、任务重，但有赵教授的合作参与，便充满了亲切和欢乐。赵教授心态年轻、积极乐观、不知疲倦，没有任何大教授的架子。正如郑金生教授所言，赵教授是个"大男孩"。在英国邱园拍摄的间隙，赵教授席地教我们年轻人打坐，说打坐可以调理身体，还能冥想。在横滨中华街，我们一同拍摄至深夜，为了节约拍摄时间，我们一同在街边吃快餐。为了拍摄野生西洋参的产地，我们徒步深入北美人迹罕至的森林，长途行车时，我同事柴林突然腹痛，赵教授立刻下车为柴林把脉掐穴……

图 5-4 赵中振在邱园教摄制团队打坐

图 5-5 赵中振为柴林"快速诊疗——掐按全系穴"

四、搭档

我们的摄制团队一共四人。除我以外，有摄影师两名，摄影助理一名。这里我要特别感谢我的好搭档——摄影师柴林先生。

柴林与我曾在凤凰卫视共事，他为凤凰服务了十多年。自从《本草无疆》启动拍摄，他就毫不计较得失地参与进来。后来，他顾全大局，更是"屈尊"当起了摄影助理。白天他忙着扛机器、摆设备、架设灯光、充当司机、负责耗材的采购，晚上还要负责清理设备、充电，夜里还要起来换电池充电……有时候我看不下去了，说今儿夜里我起来换电池充电吧。然而每次我的话还没说完，他就立马大手一挥，"决绝"地回复我三个字——"你甭管"！

柴林人高脸帅发型酷，斯文有礼。无论我们拍到哪，我们的拍摄对象十有八九都会亲自问他，你结婚了没？我这某某亲戚有个女儿，你要不要考虑考虑？柴林每次都礼貌婉拒，我们的柴摄影师已经"英年早婚"了。

我们的另一位大摄影师韩玮先生也曾在凤凰卫视工作了十多年，业务素质极佳。当年我们总是"大师、大师"地称呼他。"大师"有个特点，特别爱拍日出。无论多晚收工，一定会在第二天凌晨四点把人摇起床。

副摄是我的朋友，来自宝岛台湾的陈绿苑先生。我和他都是音乐人张雨生的歌迷。绿苑的脸如果再长得方正一点，就像一位流行音乐人。绿苑的加盟，倾情助力了小团队的执行力，而且明显让两岸人民的血肉联系更加紧密。我本人湖南腔，柴林河南腔，韩玮山西腔，绿苑台湾腔，聚在一起就是"腔腔四人行"。

上 | 图5-6 摄制团队（左起：韩玮、浣一平、柴林、陈绿苑）在拥挤的伦敦地铁上

下 | 图5-7 摄制团队在纽约华人博物馆（左起：柴林、浣一平、韩玮、陈绿苑、章璐）

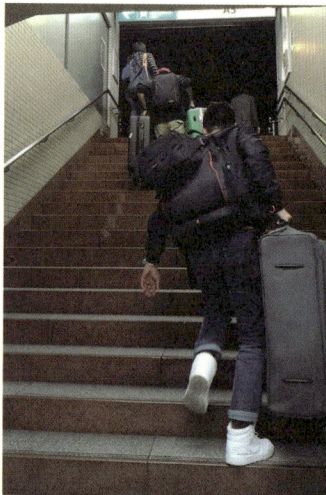

左｜图 5-8 摄制团队穿梭在东京地铁站中　　右｜图 5-9 摄制团队的"取经之路"

我们挤过纽约曼哈顿狭小的 Airbnb 民宿，住过洛杉矶嘈杂的汽车旅馆，也曾肩扛手提地带着所有器材在东京地铁站里上下穿梭，也曾在伦敦偏僻的角落里被当地警察盘问、检查护照。夕阳西下，我们四人穿梭在洛杉矶的草坪，颇有"你挑着担，我牵着马"的"取经印象"。

图 5-10 收工后，自己动手做饭

周梦佳老师是赵教授的得力助手，我与周老师的联系因工作关系也变得越来越团结紧密。周老师知识阅历丰富、工作严谨、文字能力强，在影视评论方面颇有造诣，是一位跨行业的优秀人才。有了周老师的帮助，我们这部影片在拍摄构思、文稿审核校对、外文翻译等方面，都上了一个台阶。

以上都是真真实实的美好记忆。正是有了轻松、有序的执行工作，这部片子最终才能愉快地杀青。虽没有庆功宴，但内地、港、台三地参与工作的所有人隔空相互道贺，相互勉励。

《本草无疆》这朵花，逐渐盛开。

图 5-11 摄制组在金鸣的诊所天台（后排左起：陈绿苑、韩玮、章璐、齐加力、周梦佳、浣一平；前排左起：赵中振、金鸣、金鸣丈夫）

五、印象

如果问我，在拍摄过程中印象最深的对象是谁、在哪里？我的答案一定十分肯定——美国的伍于念，以及他在约翰迪小镇创办的金华昌公司。

图 5-12 坐车是难得的休息

在拍摄前，赵教授已经探访过一次金华昌。回国后，赵教授与我分享了他的考察笔记，让我对金华昌和伍于念有了初步的认识。

2018 年 7 月底，赵教授团队从香港出发，摄制团队从广州启程，在纽约、新泽西等美东地区拍摄完李永明医生、金鸣医生的故事之后，两队人马同机抵达美国西部的波特兰。我们在机场租了两部车，驶向"鸟不拉屎"的约翰迪。

西部的景观和东部不同。从波特兰机场一路开进荒山，车窗外先是郁郁葱葱，接下来是"黄土高原"，最后是"不毛之地"。一路上，偶尔会见到铁路、火车，很容易让人联想到"华工""血泪""生命"这样的字眼；偶尔会见到废弃了的孤零零的木制小屋，也会让人猜想它是否曾经是华人的栖身之所。夕阳西下，橘红色的晚霞洒向山谷，我的内心不禁涌起一丝丝忧伤。

图 5-13 去往约翰迪的路上

图 5-14 赵中振（前）与 Eric Brand（后）在金华昌的拍摄现场

经过约 10 个小时的车程，我们在漫天繁星的指引下，终于在午夜时分抵达了约翰迪。

第二天，赵教授起得早，他起床后第一件事就是跑到金华昌转了一圈。（真是不知疲倦的"大男孩"！）当我们在路口相遇时，他兴奋地告诉我，金华昌博物馆的馆长和当地《蓝山鹰》报社的老记者也起了个大早，正在等我们。

当金华昌的大门"吱呀"一声打开时，我们惊呆了！团队中几个初次到访的同伴异口同声地"哇"了一声。昏黄的灯光下，一股浓郁的"中国味"扑面袭来。木门、木地板、木墙、木柱，还有用毛笔写的对联、二胡、民国时期的年画、香案上干瘪了的橘子……所有的陈设一成不变，把人瞬间带回一个世纪前的淘金时代。

一扇门，外面是美国，里面是中国，真是奇妙！

前堂是杂货铺，堆满了各种商品。右侧是中药房，百子柜依然散发着药香。很难想象，在异国他乡居然能够见到保存得如此完整和系统的"老物件"。也很难想象，为什么伍大夫会在自己的床头放上一把刀，为什么伍大夫和梁安会在房屋里面打井取水，为什么外墙的窗户上会有弹痕……

图 5-15 制作团队在金华昌门外（左起：柴林、Eric Brand、章璐、浣一平、《蓝山鹰》报记者、赵中振、齐加力、韩玮、陈绿苑）

中国人和中医药，都具有强大的生命力。在排华之风最鼎盛的时期，华人不但能排除万难坚强谋生，还能积极友善地帮扶异族。金华昌成立后不久，淘金热潮戛然而止，约翰迪的华人数量锐减。登门求诊的，由华人变成了金发碧眼的美国人。哪怕是青霉素被发现，传统医药逐渐式微，美国的患者依然相信和选择伍大夫的医疗服务。伍大夫秉承着中华民族的传统美德，凭借高尚的医德和高超的医术，打破了种族的藩篱，融入到了美国社会当中，受到了当地人的尊敬。

中医药，不但是中华民族防病治病的有力武器，还能超越时空、跨越种族，福佑全人类。

无论是偏远的山区，还是在繁华的闹市，我们总能找到中医药的痕迹。我通过拍摄采访发现，从国内走向国外的中医师、中药师，都经历过一段艰苦难熬的岁月。在海外或是单打独斗，或是抱团开拓，中国人总能在逆境中展现坚毅，用智慧和执着克服困难，彰显生生不息的中国力量。如果用四个字来概括的话，那就是——不忘初心。

六、收获

2021 年，我把《本草无疆》第二集当中有关金华昌的故事单独摘出来，作为独立而完整的影片送选了一些国际电影节。我起初的想法是，无论是骡子还是马，总得出去遛一遛。至于获不获奖，我抱着"看缘分"的态度。原因有两点：第一，金华昌的故事仅是片中的一个部分，受第二集整体片长的影响，还有很多有关金华昌的内容我无法放到片子里；第二，中医药题材的影片，能否为外国人接受，尚未可知。

然而随着几个奖项的展开，我的忧虑被证明是多余的，获奖的喜讯时常传到我的电子邮箱。2021 年，《金华昌》在 9 个国际电影节中收获了最佳纪录短片奖，这些奖项分别是：2021 年美国纽约州国际电影节最佳纪录片奖、2021 年巴黎国际电影奖（最佳纪录短片）、2021 年米兰金像奖（最佳纪录短片）、2021 年土耳其哈利卡纳索斯电影节最佳纪录短片奖、2021 年纽约电影奖（最佳纪录短片）、2021 年纽约州国际电影奖（最佳纪录短片）、2021 年伦敦电影奖（最佳纪录短片）、2021 年莫斯科俄罗斯国际电影节最佳纪录短片奖，同时在 2021 年印度 MOKKHO 国际电影节上获得最佳纪录短片及最佳导演奖。

图 5-16 2021 年纽约州国际电影节颁发的最佳纪录片奖杯

图 5-17 2022 年 1 月，《金华昌》在美国俄勒冈州纪录片节公映

2022 年 1 月，俄勒冈州传来了好消息，《金华昌》在俄勒冈州的达拉斯（Dalles, Oregon）公映。想必当天伍于念大夫也一定在天上看着这部描写他一生的作品——一个素不相识的后辈为他所作的影片。

《金华昌》获得纽约州国际电影节最佳纪录片奖后，我接受了中国日报北美分社张宇浩先生的视频采访，采访视频被我国驻美使馆及诸多网络主流媒体转载。2022 年 1 月，人民日报健康客户端还专题推荐了《本草无疆》，并报道了《金华昌》获奖的消息。我还陆续收到了许多素不相识的国际同仁发来的消息，他们都是通过各个电影节组委会得到的我的联系方式，在向我表示祝贺的同时，也想请我向他们的邮箱发送《金华昌》这部短片。

由此可见，中医药题材的影片是完全可以被全世界人民接受和认可的。

文化是一个国家、一个民族的灵魂。没有高度的文化自信，没有文化的繁荣兴盛，就没有中华民族的伟大复兴。

在新时代，我们鼓励让中医药走出去。制作好、传播好中医药题材的影片就是"走出去"的重要手段之一。这其中，有太多的中医药的人和故事需要我们进一步发掘、整理、传播。

图 5-18 中国日报、中国驻美大使馆发布的有关《金华昌》获奖的报道

七、无疆

如今，我的儿子两岁了。每当他看到我在编辑《赵中振：〈本草纲目〉健康智慧 200 讲》时，他总会指着电脑用稚嫩的嗓音喊，赵爷爷，我要看赵爷爷。无论我在和谁通电话，他都会对身边人说，爸爸在给赵爷爷打电话，然后竖起食指，凑到撅起的小嘴前长长地"嘘"一声。当他妈妈给他洗艾水澡时，他会抓起盆里的艾叶举高高，然后兴奋地大呼："艾叶"！

有很多人问我，为什么我给我的儿子取名"鹿鸣"？我希望，他能从"艾"出发，向科学家屠呦呦学习，呦呦鹿鸣。

我不再困惑于《本草纲目》为什么会记载一些奇奇怪怪的药了，但我通宵干活的"毛病"一直没变。赵教授常对我说，一平，你学中医药，首先要学会运用到自己身上。

多年来，赵教授不仅是我的老师，也如同兄长般对我关怀备至。他时常勉励我说，世界上的博士有千千万，但一平只有一个。

感恩我的人生路上有赵教授的亲切指导、帮助、关怀。

《本草无疆》，只是开始。

《本草无疆》总导演 浣一平

2022 年 1 月

《本草之歌》

作词：鲁军 赵中振
作曲：洗凡

万年辟蒿莱，民苦疾患多。
神农亲身尝百草，足迹遍崇阿。
性分寒热温凉，味别酸苦甘辛；
滋养烝黎，祛病解厄——成我中华泱泱国。

后世五千载，岁岁不蹉跎。
杏林英才迭代起，著书广立说。
平登岐伯之堂，径访轩辕之座；
品类详晰，功用精核——临床一剂起沉疴。

濒湖纲目出，豁然开寥阔。
志随先圣除民瘼，尽此一生搏。
贞骨傲雪凌霜，慧心高迈超卓；
福佑亿兆，晖丽万有——功在千秋当一歌！